古賀廃品回収所

古賀忠昭

書肆子午線

古賀廃品回収所

古賀忠昭

書肆　子午線

装幀　田代しんぺい

古賀廃品回収所　目次

古賀廃品回収所

古賀廃品回収所

古賀廃品回収所に来るには一本の道しかないけれど、それでもきっとあなたはその道に迷うと思います。血のような赤い色の駅をおりたら駅の裏口の方に出て左に曲って、そのまま、まっすぐ歩いていって下さい。そこにホームレスのひとがごきぶりのようにたむろしていると思います。その中のいちばん体の大きいひとに「古賀廃品回収所はどこですか」ときいて下さい。「あっち」とそのひとはゆびをさすでしょう。あっちですから、一本の道がのびているだけですから、のびている方向にいく他はないわけですけど、とにかく、その道に足をふみいれて、あっちに向って歩いて来て下さい。体の大きいひとにはていねいにお礼をいって下さい。ぞんざいにあつかうとそのひとはあなたを、テロリストのようにピストルで一発、ズドーンとうつかもしれません。そのひとはわたしの友人ですからていねいにお礼をいいさえすればていねいにあっちと教えてくれるはずです。もし、あなたが朝、そこにおりたつとすれば血を流したような朝やけにあうことでしょう。もし、夕方に来たとしたら、血を流したような夕焼けにあうことでしょう。もし、真昼だったら、いつもとかわらない真昼の風景に出会うことでしょう。でも、その道には無数の死体がころがっているかもしれません。その死体はわたしが殺したものか、もしかしたらこれまで他人によって殺されつづけたわたし自身の死体なのかもしれませんが、そんなことはかまわず、まっすぐ歩いてきて下さい。しばらくすると、一軒の立飲みのできる酒屋があるでしょう、そこにはいって焼酎を注文して下さい。そこの主人にあやしいものをみるような目でにらまれると思いますが、だまって、目をあわせず焼酎を飲んで下さい。あなたの横でぶつぶついいながらカップ酒をのんでいるひとがいたら、そのひとは朝鮮のひとで、わたしの親しいひとですから「古賀廃品回収所はどこですか」ときいて下さい。また「あっち」とゆびをさすでしょうから「わかりました」といって下さい。そのとき、けっして、笑わないで下さい。うす笑いみたいなことをすれば、そのひとはあなたにくってかかるでしょう、わきざしなどちらつかせて「朝鮮人と思うてパカにするとか」といい、あなたの脇腹を刺すかもしれません。そのひとはヤクザではないのですが、ひとからバカにされていると思うと、とたんにむこうみずなヤクザになってしまうのです。ここらあたりにすんでいるひとたちがヤクザにへいこらするのをよくみかけるのでそうすることが、ひとを小馬鹿にする奴にはいちばんてっとりばやいと、そうするのです。そのひとにはお礼としてカップ酒をいっぱいおごって下さい。ていねいに「たすかりました」といえば、そのひとは「オッ」と右手をあげて、早く、いけ、というようなそぶりをするでしょう。酒屋を出たら、電信柱をけりながら「何が、天皇か」といってあばれているヨーゾーさんというひとにあうことでしょう。このひとはそうして、一日中、電信柱をけっているだけで、天皇以外、ひとにとやかくいうこともないし、きがいをくわえることもありません。いいひとですので、ああ、こういうひとも世の中にはいるんだなあ、というくらいでその場を立ち去って下さい。しばらくいくと田んぼがひろがっていてその田んぼには牛のキンタマが無数にころがっているでしょう。あなたは牛のキンタマをみたことがないと思いますので、田んぼの中にころがっているものはイモのようにみえるかもしれないけれど、あれは、ニンゲンによってぬかれた牛のキンタマの残がいです。田んぼと牛のキンタマとニンゲンの間にきってもきれない因ねんがあるということをあなたには理解できないと思いますけれど、そこは理解できないなりに、あれこれ思い、考えてみて下さい。牛のキンタマをあとで煮てくおうと、ひろっていくひともありますが、牛のキンタマはたべない方がいい、あたって、あなたが死ぬだけです。それほど牛のキンタマのうらみはふかいのです。さて、その田んぼをすぎると年とったボロだらけの老婆が一人、出てくるでしょう。それはわたしの母ですから「ちょっと、ちょっと」とあなたを呼び止めると思います。その時、たちどまって、母の目をみて下さい。あなたにいつくしむような目をむけるでしょう。そして「地獄へ早ういきなさい」ということでしょう。極楽とはけっしていいません。地獄に行くことを極楽にいくことのようにやさしくとくはずです。そのときはどうか「わかりました」とやさしくいってやって下さい。母はとてもよろこびあなたの前から消えるでしょう。そのあと、マッチ箱にいれて、いつも骨をカラカラならしている朴ばあさんにあうでしょう、「いい音だね」と骨の音をほめてやって下さい。ありがとう、とていねいにお礼をいうでしょう、その次にあう朴ねえさんは、いろじかけでせまるから用心して下さい。すけべごころをおこすと、出刃包丁で犬のようにさばかれます。首を吊っているひとがいたら「思い通りになって、よかったね」といって、通りすぎて下さい。オノをふりかざし女のひとを追いまわしているひとや、ひと殺しの現場を目にすることがあるかもしれませんが、まっすぐな道はまっすぐであることで不安になるものです。このままいっていいかしら、なんておもい、ちょっとでも横道にそれたりしたら、もう、ここがどこだかわからなくなり一本の道は数百本の道になってしまうのです。もし、落し穴のようなものに落ちてもそのまま道と思って、まっすぐ歩いていって下さい。すると、ここらあたりから生きているニンゲンにあうことはもうほとんどなくなってしまうでしょう。白くひかる骨だけが一本の道の両側にひかっていると思います。こわいことはありません。骨はわたしの骨であり、あなたの骨であるのですから、むしろ、手にとってなでたくなると思います。そして、その骨の道をまっすぐすすんでいって下さい。すると、刃物のような断崖に出るでしょう、底のみえない断崖です。下から生ぐさい風が吹いているでしょう。そこにすっくとたって、みえない谷の底をみて下さい、そして、そこから思い切り谷底にむかってゴキブリのようにとんで下さい。あなたはその断崖を一日中、落ちつづけることになるでしょう。そして、その朝か、その夕方、ボロの中にゴキブリのようにすべり落ちることになるでしょう。そこで、すわるなり、立つなりして「ごめん下さい！ごめん下さい！」と大きな声で呼んで下さい。するとベニヤ板でかこっただけのそまつな小屋の中からガン患者のようにやせ細った男が出てきて、あなたをギロリとにらむでしょう。その男に向って「古賀さんですか」といって下さい。その男は「はい」といわず「古賀廃品回収所です」というでしょう。もし、その時が夕方であるならあなたは、血を流したような夕焼けの中でそのことばをきくことになるでしょう、もし、その時が朝であるならあなたは血を流したような朝焼けの中で、そのことばをきくことになるでしょう。

テロリスト風スキヤキ会

この前、スキヤキをたべました。朝鮮人の金さんと朴さんと台湾の陳さんと日本人の諸藤さんとわたしです。みんなボロ屋でどこにすんでいるかわからない住所不定のひとたちです。一斗缶を半切りにして、その上に鍋をのせて久しぶりのスキヤキをしました。諸藤さんがネギと白菜をもってきました。あそこからとってきた、とどこかわからないとこをゆびさしながらいいました。ああ、あそこ、とわたしがいいました。ああ、あそこね、と金さんがいいました。あそこなら、よか野菜のとれるやろ、と朴さんがいいました。あそこの野菜をくったら、ほかのとこの野菜はくえんからね、と陳さんがいいました。あそことはどこのことかわからないけれど、みんなしっているつもりのあそこでした。あそこは、どこかにあって野菜がはえていさえすればいい、あそこでした。そのあそこからこれだけとってきたよ、と諸藤さんはえいようのいきとどいたネギと白菜をリヤカーからもってきました。これは、よか、つやばしとる、とわたしがいいました。そうやろが、と諸藤さんがいいました。うまかごたる、と金さんと朴さんがいいました。台湾にはこんないい野菜はないね、と陳さんがいいました。しょうゆとさとうは町の金持ちの家にボロをもらいにいったとき、ついでにこれもすててくれといわれて、賞味期限のきれたしょうゆとさとうにすることにしました。よか、しょうゆやの、と諸藤さんがいいました。このさとうは普通のさとうの倍はするね、と金さんがいいました。肉は金さんと朴さんがもってきました。今日、よか肉の手にいったよ、と朴さんがいいました。牛肉？牛肉より、よか肉と金さんがいいました。犬の肉ね、と陳さんがいいました。この前は犬の肉やったけど、今度は、もっとよか肉、と金さんは自まんそうにいいました。トリね、と陳さんがいいました。トリ？トリより犬の肉の方がまし、と金さんはいいました。犬を肉にするのもたいへんやけど、これを肉にするには、もっと、大へんやった、と金さんがいいました。犬はこん棒で、頭をいっぱつなぐれば肉になるが、この肉は肉にするのが大へんやった、と金さんは朴さんの顔をみて、笑いながらいいました。いっぱつでは、気絶もせんやった、と金さんがいいました。二発目で、ようやっと、地だまのうえにたおれた、と朴さんがいいました。三発目で、頭がわれた、と金さんがたのしそうにいいました。四発目で目ん玉がひっくりかえった、と朴さんが、ひっくりかえった目ん玉のまねをしていいました。五発目で頭から血がふき出して来て、そこで、そいつをさかさにして血をぬいた、と金さんがいいました。血をぬいたから、くさくないよ、と朴さんがいいました。何の肉ね、と陳さんがききました。陳さんの肉たい、と金さんがアハハハハと笑っていいました。陳さんはあぶらののってうまかごたるけん、その次にくおうか、と諸藤さんがいいました。アハハハハと陳さんが笑いました。アハハハハとわたしも笑いました。さあ、肉からいこか、と金さんがいいました。新聞紙にくるんだ肉をドバッと鉄なべのなかに入れました。助けてくれ！ちいよるよ、と朴さんがいいました。ニンゲンの肉ちいうことね、と陳さんがいいました。ジュージューと肉が鉄なべの上で、そりかえりました。助けてくれ！ちいうても助けてやらんぞ、と金さんがいいました。くるしめ！くるしめ！と朴さんがいいました。ニンゲンの肉ちいうことね、と陳さんがいいました。ニンゲンの肉にみえるね、と金さんがいいました。陳さん、足がのうなっとるよ、といってアハハハハと朴さんが笑いました。しょうゆを入れると肉があわをふきました。犬の肉！と陳さんがいいました。ニンゲンの肉もあわをふくそうだよ、と金さんがちょっとすましていいました。糸コンを、とわたしがいいました。ネギも、とわたしがいいました。野菜もといわないのに諸藤さんが、そりかえる肉をかくすように白菜を入れました。うまかにおいのするね、と陳さんがいいました。においは、何の肉もかわらんね、と朴さんがいいました。ニンゲンの肉ちいいたかとね、と陳さんがいいました。さあ、にえたよ、とわたしがいいました。卵は、と金さんがいいました。奥さーん！と奥にいるわたしの奥さんのもとこちゃんに朴さんが声をかけました。奥さんの卵ばもってきて！と声をかけました。奥さんの卵でスキヤキばくうてよかとね、と金さんがいいました。ニンゲンの肉ね、とまた陳さんがいいました。陳さん、もとこちゃんの卵でスキヤキばたべてくれんね、うまかよ、とわたしは陳さんにいいました。犬の肉より力がでるよ、と朴さんがいいました。明日は地金を十トンぐらい運ばんといかんけんね、と金さんがいいました。ニンゲンの肉をくうと力が出るけんね、と金さんがいいました。ほんとにニンゲンの肉ね、と陳さんがいいました。陳さん、陳さんが生きとるとやから大丈夫、とわたしが陳さんにいいました。そして、もとこちゃーん、た・ま・ご・と奥の方に声をかけました。ちょっと待ってね、今、卵を産んどるとこやから、ともとこちゃんのかわいい声がかえって来ました。

天皇の穴

この奇妙な形の建物をここを通りかかった人は一瞬奇異な目で見あげることはあるがはたしてそれが何故かかる奇異な形をしているのか？その理由について深く知ろうとする人は少ないようだ　この奇異な建物古賀廃品回収所の住居兼倉庫はその構造をどう説明してもその奇異な根拠となるものを人は納得し納得しようとしてくれないがただ一言こういうとつまりこの建物は先の太平洋戦争時××師団の馬小屋だったといえばどんなに首をかしげ逡巡していた人もなる程そうですかとすぐさま納得してくれるようなのだ　変な言い方だがいかにも高級な馬小屋という作りなのだ　そこにこの家の主人古賀忠昭は四十年住みつき廃品回収業をしている　鉄屑を山のように積みあげ終日マユをしかめ種々の廃棄物を収集解体処理しそれによって生きながらえているらしいがガン患者のようにやせおとろえて

いるところをみるとたいして稼いではいないようだ　もしかしたらその異様な細身の体形をみると本当のガン患者なのかもしれない　近所の者はこの男のその風体行動などからこの男を気持ち悪がって付きあおうとするひとはほとんどいないようだ　しかし奇妙なことにこの男にはかわいい連れ合いがいてその連れ合いの人格によってのみその生活はささえられているように思われる　建物と同様これも奇異なことがらに属する　そのこの家の主人古賀忠昭には現在六人の友人らしき人がいる　朝鮮のひと三人　台湾のひと一人　それと日本人二人（でもこの二人はその出自をけっしてあかそうとはしない）の六人のようだ　皆家をもっていないようで全員がボロ屋をしている　しかもその商売がひろい屋といわれる形体の者たちで廃品を買って商売をするのではなく他人がすてたものをひろってきてつまりゴミあさりをして物をひろいそれを古賀廃品回収所に持ち込みその金で生活しているようなのだ　この男たちとこの家の主人古賀忠昭は非常に仲がいい？ように思われる　よく焼酎をのみメシをくらったりしている　肉が好きでいつも血のにおいをさせている　不思議なのはガーガーとどなりちらし血を流しあい朝鮮人をバカにするな！などとさけびながら刃物をふりまわしそしてそういうことをしながら最後は何を理解しあったのかわからないが手をとりあい涙を流しあっているというその光景だ　会話は殺す！血ばみらんと解らんとか！などという血にまつわることばがほとんどでいやどなりあいがほとんどといっていいのだがそれにもかかわらず仲がいい？と思われる　その上そのどなりあいのあい間

にテンノーなどとこの男たちにそぐわないことばがもれてくることもまた奇異なことと言わなければならないだろう　とにかく血なまぐさいことが好きなようで殺しあいが起きないことが不思議にさえ思えるほどなのだ　理由は解らないがここに朝鮮があると三人の朝鮮の人はよく言うここに台湾があると台湾の人は言わないのにそう言う日本人の三人はニタニタ笑って何も言わない　そしてたいがいその酒宴の最後はピストルの話をして終るのだ　たしかにズドーンという音はくちピストルのはずだが本当に硝煙のにおいがしてくるから不思議だ　誰れを撃ったか？　それは解らない　しかし誰れかが撃たれて死んだことはたしかなようだ　やったあ！死んだ！死んだ！と子供のようにさけび手をたたいてよろこんでいる　こんな騒々しいこの家で先日こんなことがあった　この家の主人古賀忠昭がこんなことを言い出したのだ　今まで山のように積まれていたボロを出荷しその場所がきれいになったついでにいつも話の種になっていたおそらく一トンはあろうかと思われる鉄板をどけてみようではないかその下に何があるかたしかめてみようではないかといい出したのだ　もちろん六人に異論があるはずはなく酒のいきおいも手伝って明日やろう！朝九時全員集合！ということとなったのだ　そして翌日六人は約束の時間に古賀廃品回収所に集まり手にバールや鉄棒をもってその鉄板のまわりでまだ酒の残っている体をくねらせもみほぐしたりしていたのだ　そこへこの家の主人古賀忠昭があらわれこれが終ったら酒だ！とさけびそのさけび声につられるように六人はそれぞれ手にしていたバール鉄の棒を

鉄板の下にこじ入れた　フォークリフトがあれば一トン位の鉄板などわけなく移動できるのだがそこは貧乏なボロ屋でそんな高級な重機などあるはずはなくただ人力で動かす他はなかった　だが六人の男たちはなぜか楽しげでヨイショ！ヨイショ！とその鉄板を動かしはじめたのだ　そして三十センチ位動かしたところでその下に大きな穴があることがわかり　あっ！何か黒かもんがあるばい！とその穴の一番近くにいた諸藤某なる男がいいどれどれおれにも見せてみんの今度はこの家の主人古賀忠昭なるものがその穴をのぞき込みそして首をかしげ骨のごたる？と言ったのだ　もう少し鉄板をよけてみようその声にあわせて再度バールに力を入れ一メートル位動かした所でその穴をのぞき込み今度は全員声をそろえて骨だ！その穴の中にびっしり土色に変色した骨がつまっていたのだ　これは馬の骨やな！この家の主人古賀忠昭がいいけっして出自をあかそうとしない諸藤某と金子某が死んだ馬の骨をここに埋めたんだな肉は××師団の連中がくったんだろう？といいそれにしても一頭や二頭やなかなあ終戦のときじゃまになって殺したとかなあと続けここにこんなもんがあるとは知らんかった宝物やったらよかったとにねえ　だがそのことばをはねのけるようにいやそれは馬の骨じゃなか！と今まで押し殺すように黙っていた朝鮮の金林俊が横からことばをはさみめずらしく真剣な顔でこれは……とそこでちょっと頭に手をやってことばをきりこの骨は……朝鮮人の骨のような気がする！と強い調子で言い出したのだいつもならここで冗談のようなことばがはさまってアハハハという笑い声にかわるはず

だったが今回はちがっていて金林俊の血走った目は真剣で馬の骨ならこんな重たか鉄板でかくすはずはなか！と今までねりかためられていたかのような自信にみちた声でことばを続け朝鮮人はあわれなもんだ！と言いこういう馬とか汚ないものをあつかうところにはかならず朝鮮人がおる！朝鮮人なら足蹴にして……そしてクソ！小便！馬以下！などと馬がよだれをたらすようにしゃべり続け最後にまた朝鮮人の骨やなと低い声でつけくわえたいや馬の骨だよ！この家の主人古賀忠昭がどんなに言っても今日の金林俊は聞き入れようとはせず臭いがする！馬のかわりはなかけど朝鮮人のかわりはいくらでもおる！ボコ！ボコ！ボコ！なぐる音がきこえてきて　あっ！穴にけりこまれた！あとは腐るまでまっとればいい！そしてその上に……あつか鉄板で蓋をした！違うか古賀さん！金林俊はいい血を見るような目でその穴を一瞥しテンノヘイカからいただいた軍馬朝鮮人はそのクソよりもおとる！クソ！小便！ハナクソ！とさらにくどくなり血をみるどころかコエダメの中をきまわすようなことばになり……もう閉めよう！この家の主人古賀忠昭がたまらなくなり言ったが金林俊は承知せずそんならせめておれをその馬の骨にしてくれ！馬の骨としてあつこうてくれ！とさけびつつ頭からその穴にとび込みこの家の主人古賀忠昭諸藤某金子某そして体を硬くして立ちつくしている辺朴の五人を見上げてああ！テンノのにおいがするぞ！やっぱこん骨はテンノのにおいがするぞ！とまくしたてた　仕様かなか！金さん撃て！とこの家の主人古賀忠昭がいい一発！ピストルば撃て！とさらにつづけ金さん！これ

でよかろ！そして腹の底からしぼり出すような声でズドーン！とくちピストルを発射しそれが終ったところでおーい！酒もってこい！と硝煙のにおいをさせながら奥の方におらび声をなげホルモンもくれ！ホルモンも！と切腹のまねをしてさらに腹わたをひき出すまねをした　目の前の道路が突然かたむき出すと今までまっ青だった空の色が精液のように白く濁ってくる　その白く濁った空がさらにかたむきかけた道路をおおうようにおりてくると道路の端からチョゴリを着た何万人という朝鮮の娘たちの歩いてくる姿が見えはじめる君達ハ日本帝国臣民デアル「ちょっとあんた」といつものようにその娘たちに私は声をかける「あんたたちは処女ね」精液のような空につつまれた娘たちは一瞬とまどったようにそれから私を見ていつものようにマユをしかめ嫌な顔をする　精液のように白く濁った空がさらに白く濁り道路をおおいつくす　君達ハ天皇陛下ノ赤子デアル　今コソ帝国婦人トシテ天皇陛下ノ御為働ク時デアル「あんたたちは処女ね」私はそれでもかまわずそう言い「あんたたちが処女なら是非とも言いたかこつのある　あんたたちは処女ね」それから私はあわててつけくわえる「うちも朝鮮人よ」目の前の道路がさらにかたむいて精液のように濁った空がさらに濁ってくる　すると用意されていたように精液のように白く濁った大きな穴のようなものが現われる　君達ハ誰レカラ選バレタノデモナイ　天皇陛下御自カラ君達ヲ選バレタノデアル　言ウナレバ君達ハ天皇陛下ニヨッテ選バレタ者トシテノ光栄ヲニナウモノデアル「あんたたちが処女なら是非とも言うとかんといかんこつのある　もし

あんたたちが処女なら早う　好いとるヒトからだいてもろうときなさい」　何ヲぴーぴー言ウトル　オマイガ後デ泣カンデイイヨウニ俺ノマラヲ突ッ込ンデヤロウト言ットルンダ　何トカイウ将校ガ腰ノ軍刀ヲヂャラツカセナガラ言ウ　私には精液のように白く濁った大きな穴がはっきり見えはじめる　かたむいていく道路　降りてくる白く濁った空　穴　すると道路の端からチョゴリを着た何万人という朝鮮の娘たちの歩いてくる姿がさらに大きくなる「いやらしかち　あんたたちは思うかもしれんが　うちは嫌味でこげんかこつば言いよるとやなか　うちはあんたたちがうちのごとならんために　恥ばしのんで……」　そこでまた私はキッとした声で「うちもあんたたちとかわらん朝鮮人よ」という　君達ノ役目ハ最前線デタタカッテイル兵隊達ヲナグサメルコトデアル　歌ヲウタッタリ踊リヲオドッタリ……あの大きな精液のように白く濁った穴の中には今も日本人の兵隊がいっぱいつまっている　目の前の道路がさらにかたむけばこの娘たちは石塊のようにその穴の中にころがり込んでいくのだ　フルエテモノモ言エナカッタ　兵隊サンヲナグサメルトハコウ言ウコトヲスルコトナノカ　歌ヲウタイ踊リヲオドルトハコウ言ウコトヲスルコトナノカ「最後のもんば見する前に　これだけは是非とも言わんとでけんち思うとるこつば言うとく」私は声をはりあげさらにつづける「日本のテンノはマラちいうこつよ　動物のごたるマラちいうこつよ」娘たちは私の言葉に露骨に嫌な顔をする「うちは朝鮮人よ　あんたたちとかわらん朝鮮人よ　その朝鮮人が言いよるこつに　そげんか風に嫌な顔ばするもん

じゃなか」天皇陛下ハ君達ヲ天皇陛下ノ赤子トシテ待遇サレルノデアル　何ガアッテモ天皇陛下ノ御心ト思イ従ウコトガ何ヨリノ奉公デアル　白く濁った大きな穴　ホホウ　コリャア全クノサラモンジャナイカ　上ニ上ニ這イ上ッテ行ク　アハハハハハ「あんたたちは今からどこに行くつもりかわからんが　あんたたちはだまされよるとよ　この道ばまっすぐ行くとそこに大きな穴があって……」そこまで言って私は地べたにすわり込んで泣き出す「あんたたちが　あん時のうちにそっくりに見えるとよ　天皇陛下バンザイ言わせられて　列を作って　道を歩かされて……」かたむきかけた道路が私の言葉をころがすようにさらにかたむきはじめる　私には精液のように白く濁った大きな穴がはっきり見える「日本人の兵隊がおる！」私はチョゴリを着た娘たちに向ってどなる「あんたたちには見えんとね　この道の先に大きな穴があってその中にマラばたてとる日本の兵隊がおるとの！」私の声をかき消すようにかん高いテンノヘイカマンセーという声がきこえる　今度ハ古川大将トオ変リ下サイ　テッテイ的ニヤッテオカナイト逃亡スルオソレガアルノデス足腰ガタタンヨウニヤリマクッテ下サイ　歌ヲウタウトハコウ言ウコトダッタノカ　踊リヲオドルトハコウ言ウコトダッタノカ　私はその声におんおんと泣く「日本の兵隊がおる！マラばたてておる！」とどなりながら私はおんおんと泣く　娘たちは私の声など聞こえないというようにかたむいた道路を無表情のままころがっていく　私はまた叫けぶ「あんたたちは処女ね！処女なら早う好いとるひとにだかれとけ！」かたむく道路　あのむこ

うに精液のように白く濁った大きな穴があり　その中にマラをたてた日本の兵隊がぎっしりつまっている　私にはそれがはっきり見える　天皇陛下マンセーデハナイ　天皇陛下バンザイダ　サアモウ一度声ヲソロエテ言ウテミロ　私は泣くのを突然やめる　そして叫ぶ「あんたたちは股倉ぞ！あんたたちは人間としてみとめられとるとじゃなか！あんたたちは股倉ぞ！」私のその言葉で今まで白く濁っていた空が少し赤味をおびはじめる　かたむく道路　精液のように白く濁った大きな穴がヒクヒク動きはじめる「あんたたちは聞こえよるとね！うちの言うこつの聞こえよるとね！」そして私はこうつけくわえる「うちは朝鮮人よ！」ワレワレハ日本帝国臣民デアル　同祖同根　テッテイ的ニヤッテオカナイト逃亡スルオソレガアルノデス　足腰ガタタンヨウニヤリマクッテ下サイ　歌ヲウタウトハコウイウコトカ　踊リヲオドルトハコウイウコトカ「ほら　あすこに日本の兵隊がマラばたてたてまっとる」「あんたたちは人間じゃなかとぞ」「あんたたちはただの股倉ぞ！」「ああ！あんたたちの股倉ば穴の中の兵隊たちがその目でなめまわしよる！」私の言葉にそまるように白く濁った空が赤くなりはじめる　赤く燃えはじめる　君達ハ誰レカラ選バレタノデモナイ　天皇陛下御自カラ選バレタノデアル「テンノはマラちいうこつぞ！動物のごたるマラちいうこつぞ！」それでも娘たちは行列を作って道路をころがっていく「あんたたちには　あすこに日本の兵隊がおるちいいよるとの解らんとね！」私はそこまで言ってころがっていく娘たちをけちらし燃えはじめた空に仁王立ちになる「あんたたちには　ど

げんしたっちゃ最後のもんば見せんとでけんごたる！さあ！うちの股倉ばようっと見てみんね！」私は燃えはじめた空に仁王立ちになり股を開く「うちの股倉ん下には太か穴のある　そん穴ん中から何が出てくるか　ようっと見よらんね」私の体が燃えはじめる　火の玉のように燃えはじめる「さあ　ようっと見よれ！」かたむいた道が赤く燃え娘たちの泣く声がきこえる「ほら　ほら　下の方から　うちの股倉に向うて虫のごたるとがとびついてきよるやろ　これが日本の兵隊ぞ　股倉だけにしかとびつかん日本の兵隊ぞ　さあ　ようっと見ときなさい　あんたたちは人間ち思われとらんと　あんたたちは股倉　あんたちは……さあ　ようっと見らんね　うちの股倉ばようっと見らんね　うちの股倉に何のとびつきよるね　日本の兵隊？そうたい　マラになった兵隊たい　だまされたらでけん　あんたたちは向うに逃げなさい　うちの体が燃えよる間はなんとかなる　早う　はいあがらんね　うちも生身やけん　すぐ燃えつきる　さあ　もういっぺん　うちの股倉ば見て！穴！穴！穴！そして……女子挺身隊いや従軍慰安婦金本愛子いや従軍慰安婦金愛花の二万八千七百九十九日目の夢が終り二万八千八百日目の朝が来た

焼き肉と思想

もろふじさんが死にました。もろふじさんはリヤカーで生活していました。段ボールで風がはいらないようにリヤカーの荷台を四角にかこってそこにフトンをひいてねていました。ねどこの上にはベニヤがひいてあって雨がもらないようにしてありました。ひろったものはそのベニヤの上につんでいました。おもに段ボールをあつめていました。十一月三十一日初霜の日そのリヤカーの中でもろふじさんは死んでいました。公園のスミで三日間だれにも知られず死んでいました。もろふじさんが二日も来ないので「おかしい」と思ってわたしがさがしにいってもろふじさんをみつけたのです。フトンにくるまってしずかに死んでいました。どこでひろって来たのか羽根ブトンをかけていました。「よかったな羽根ブトンの中で死んで」とわたしは思いました。ケイサツにとどけてケイサツの調べがすんでそれから家に来てもらいました。リヤカーはわたしがひいてきました。リヤカーをしばらくひいていなかったからゼーゼーいいながらひいていたんだなと思いました。金さんと朴さんと陳さんとわたし大婦とわたしの子供二人とそれからうちに来るボロ屋のひとたち数人でそうしきをしました。涙は流しませんでした。「悲しかけど涙を流しちゃいかんな」とみんなでくりかえしいいました。「よかった」といいました。でも「死んでよかった」とはいいませんでした。「よかった」とだけいいました。でも、そんな話をきいていた朝鮮の金さんが突然こんなことをいい出したのです。今から、焼肉をするぞ、といい出したのです。精進あげのつもり、と朴さんがいいました。精進あげでんなんでんよか、焼肉ばするぞ、おこったように金さんがいいました。どげんしたと、と今度はわたしがいいました。あいつを殺してやっとればよかった、と金さんはいいました。あいつは、おれに殺してくれというとったんだよ、こん棒で頭をたたきしはいいました。あいつとはもろふじさんのことです。えっ？とわたしは殺してくれというとったんだよ、金さんの目から涙が流れおちています。どげんしたと？とわたしはいいました。あいつを殺してやっとればよかった、と金さんはまたいいました。もろふじさんとは仲がよかったのに、と台湾の陳さんがいいました。仲がよかったから殺してくれというたんだ、と金さんが涙を流しながらいいました。仲がよかったからこん棒で、頭をたたきわってくれというたんだ。金さん、わかった！とわたしはいいました。焼肉をしよう、といいました。あいつは、頭をたたきわって殺してくれというてくれたんだ、と金さんはいいました。いうたんじゃない、いうてくれたんだ、と金さんはいいました。犬を殺すようなわけにはいかんよ、というたけど、犬を殺すように殺してくれというたんだ、のたれ死にするともよかけど、それより、金さんに殺されたいんだというたんだ、金さんに、犬のように殺されたいんだというたんだ。金さん、わかった、とわたしがいいました。わかっとらん！と金さんがいいました、あいつはおれの気持ちを思うていうたんだ、おれの気持ちを思うて、犬のように殺してくれというたんだ。金さん、肉はきのうの肉だけどいいね、とわたしがいいました。金さん、今日はもろふじさんのそう式だよと朴さんがいいました。殺したら、おれの肉をくうてくれ、ともいうたんだ。金さん焼くよ。その肉はあいつの肉だと金さんはいいました。あいつは本当の気持ちでくうてくれというたんだ、気持ちをこめてくうてくれというたんだ、少し笑うように金さんはいいました。そうすると金さんの気持ちも、ちょっとは、すっとするよ、というたんだ。くうぞ、と金さんはいいました。おもいきりくうぞ、と金さんはいいました。もろふじ！おまいの気持ちはわかったぞ！と金さんは肉にむかっていいました。おまいは本当の日本人だ！と金さんは肉にむかっていいました。さあ、くうぞ！と金さんはいいました。日本人を焼いてくうぞ！といいました。あいつは、おれに、一度、そういわせたかったんだ！と金さんはいいました。さあ、くうぞ！とはっきり大声でいわせたかったんだ、おい、おまいたちもくえ！と金さんはみんなにいいました。日本人をくえ！といいました。涙が顔中からながれていました。なま焼けがよか！それをくえ！と金さんはどなりました。もろふじ、おまいの肉はうまかぞ！と金さんはいいました。なま肉でもくえるぞ！といいました。みんなはキョトンとしていました。でも、金さんはかまわずくえ！といいました。わたしは、はしの先に肉をつまんでうごけなくなっていました。もろふじ、ありがとう、もろふじ、すまんかった、もろふじ、ありがとう、くうたぞ、もろふじ、日本人ば焼肉にしてくわしてもろたぞ、もろふじ、朝鮮人の口でくわしてもろたぞ、もろふじ、おまいの肉はうまかぞ、ありがとう、うまかぞ、おまいの腹わたは、なまですすらせてもらうぞ、もろふじ、すまんかった、おまいに、おれん中の日本人ばかぶせてしもうて、すまんかった、もろふじ、おまいの気持ちは、たべさしてもろうたぞ、もろふじ、血ものましてもろうたぞ、もろふじ！もろふじ！もろふじ！（金さん、日本人ば焼肉にしてくうたら、その気持ち、ちょっとはすかっとするかもしれんよ）（それとも、金さん、こん棒で頭ばたたきわる？）もろふじ！と金さんは血のしたたる肉によびかけました。

紙クズと鉄クズ

わすれるな　紙は火を内包している　うらみは火につながる　その女は正しい　そしてその男は正しい　えりわけられた紙は　テロリストは一枚の紙クズである　新聞紙で尻をふく　色のついた紙は尻がきらう　その通りだ　丸めるべきだ　そして火をつけるべきだもやすものはきまっている　すっとした　火にけしかける　思想をゆるさない　それで血をぬぐう　それで股倉をぬぐう　それで……　たましいはぬぐえなかった　切断するたましいは切断されなかった　切断されるものはきまっている　性をもてあそんでいる　射精する　えりわける手は常にひびわれている　血がながれている　心がゆがんでいく　その通りだ　白は黒を内包している　黒は赤を内包している　血はふき出すだろう　一キロ五円　たった五円にすがる　そのように命はもてあそばれる　殺すぞ　きっとあいつを殺

すぞ　すでにインクのにおいは　血のにおいとなっている　うらみは血につながる　うずたかくつまれてもうらみはもれない　一枚はすべてのうらみを内包しその山はすべての黙したことばとなる　ことばはすてられる　このように　射精され　ことばは射精される現代詩手帖　一キロ五円　尻をふくにはかたすぎる　詩では尻はふけない　切断されることばは切断される　だが詩は切断されない　詩は紙を内包しないが詩は白い紙をよごすそれだけだ　えりわけるものは冷酷だ　わすれるな　紙はうらみを内包している　だが詩はうらみを内包しない　切断されたことばは　詩を内包する　詩では尻もふけない　だからボロ屋をバカにするなということばは正しい　朝鮮人をバカにするなということばは正しい　ズドーン　ピストルの音がした　一枚の紙はテロリストになりうる　紙をよごしたものは詩だ　一キロ五円　ひろった者はボロ屋だ　クズ屋おはらいとはいわない　ピストルの話をする　汚れた紙はえりわけられる　短刀はみじかめの方がいいと金林俊はいったみじかければ思いがつたわる　殺す　ニンゲンがニンゲンを殺す　紙がそりくりかえることはない　だが紙はうらみを内包している　おれはそれをえりわける　五円のうらみは充分にひとを殺しうる　殺すものは　紙に内包している　息はしないだろう　血のにおいはしないだろう　顔をみるな　ちょうはつする　ちょうはつすることが目的でちょうはつする　がらんどう　紙の筒　それもクズになりうる　だががらんどうに値うちはない　無償わすれるな　紙は火を内包している　火はすべてを焼きつくす　ニンゲンのそりかえる姿

がみたい　ひとの肉をくうのはニンゲンだけである　正しく紙一枚を折りたたむ　エロ本はたたみにくい　新聞紙はたたみやすい　エロ本は射精する　ことばに向って射精する　射精はうらみを内包している　新聞紙は射精はしない　脱糞もしない　すかした屁はする　ズドーン　またピストルの音がした　ひびわれた十本の指がえりわける　血でえりわける　その通りだ　火をつけるべきだ　焼きつくすべきだ　ことばはのたうっている　知ったことか　丸めるべきだ　心がゆがんでいく　ピストルの話をする　ボロ屋をバカにするな　朝鮮人をバカにするな　えりわける手に血がふいている　紙はうらみを内包する　詩はしかし　うらみを内包しない　わすれるな！曲っている。火であぶられている。尻の穴のような穴があいている。おめき声がうき出している。血をはねつける冷たさは底知れない。悲鳴をききなさい。革命を笑っている。頭かちわってやろか。えぐり出すぞ。ニンゲンを串ざしにしたことがある。革命の残がい。殺すということばはきらいではない。殺したもののことなどおぼえていられるか。朝鮮人をパカにするな。うらみは底知れず。うらみを内包する冷たさである。お母さんということばを朝鮮のことばでさけぶためにわたしはある。わたしがわたしをうつ。金敷は死刑台である。わたしが出す音は生もしくは死の音だ。ズドーンとピストルの音がした。常に死を想像したまえ。残酷なものでいたい。血はすわないが血を肌にぬる。骨のおれる音はここちよい。わたしを再生するものは戦争をする。実はわたしの食料は戦争である。血はわたしのためにに地をおおいつくすだろう。チッと舌うちをした。すてられたものの代表者である。みにくい。いのちをすてるようにわたしをすてろ。ころがる。なげだされる。圧縮される。火あぶりの刑。とけるものはいつも魂である。だがわたしをにくむものはいない。残酷だが心がわりはしない。女はおれに興味をしめさない。孤独。だが思いにふけることはない。殺人者はおれのこころを知りつくしている。平然としていなければならない。おれに手をふれた者は一瞬殺意に目ざめる。ねむらない。つねにはりつめている。その角をみがこう。血を流してみせてくれ。殺された者よりていねいにあつかわれる。とがっている。きりたっている。他意のないきっ先。思想を突きさしてやろうか。ニンゲンをみとめることはない。すてられた個のあつまり。無言だ。なきごとは言わない。走る。ピストルの弾になって走ること。つらぬかれた者はたおされる。ニンゲンのどてっ腹をつらぬいて走ること。すがすがしく見える。すかっとしたというてくれ。記憶装置はない。だがこめられたうらみは内包する。うらみをこめてふりおろされる。だがおれには何のうらみもない。悲鳴を音楽のようにきく。血のにおいはおれの皮フの体臭となる。曲っているものはさらに曲げられる。たたかれる。切断される。ギロチンにかけられる。粉々になる。火にあぶられる。流れ出るものは思想にたとえはじめられる。思想のようにひとを殺しにゆく。正義になる。血をあびる。血は内包しない。うらみは内包する。殺してやろうか。頭かちわってやろうか。えぐり出すぞ。はらわたはおれにまきつくことはできる。だがおれには切断する能力がある。まきついたはらわたはくされる。

血は肌から流れおちる。すてられる。放置される。くさりはじめる。だが誰れかにひろわれる。あつめられる。うらみは内包している。切断される。粉々になる。火にかけられる。流れ出る。流れ出るものは思想になりはじめる。うらみは内包している。革命を笑いながら……曲っている。血のうえに山のようにつみあげられている。血をはねつける冷たさは底知れない。だがうらみは内包している。悲鳴をききなさい！

見えない戦争

おばあちゃんが爪をかんでいる
五才になる私の子供が言っている
おかしいねえ
赤ちゃんみたいだねえ
六十七になる母はてれくさそうに笑っている
コタツの上のミカン
私はそれをとろうとして
ハッとする

爪　コタツの上の爪
パチンと前歯でかみきられ
奥の歯でかみしめられている
爪

じっと
一点をみつめ　母は
暗い電燈の下で
ただ　爪をかんでいた？
あれは何だったのか？
あれは　今
おかしいねえ
赤ちゃんみたいだねえ　と
冗談のように言われることなのか？
そう言われることで
てれくさそうに笑うしかないことなのか？
私は

てれくさそうに笑う母の顔をじっとみつめる

あの時　ありふれた
一つの死があった
私は五才だった　私はふるえていた
暗い電燈の下で
一点をみつめたまま　ただ
爪をかんでいた母の顔はどんなものも寄せつけないすごさがあった
おかしいねえ　赤ちゃんみたいだねえ
私はそう言うかわりに
犬ころのようにふるえていた
昭和二十年
母は何をかんでいたのか?
あれは爪だったのか?

一つの死に向って
泣き叫けぶことさえ許されなかった　死は

女たちに耐え忍ぶことだけをしいていた
ものの本にはそのように書いてある
母よ
奥の歯の間でかみくだいていたのは　ほんとうに
一つの死に向って耐え忍ぶための爪だけだったのか？

ある日
母が歯をみがいたあとの泡の中に
黒い血のかたまりがうごめいているのを私は見た　あれは
たしかに
ヒトをかみ殺したあとの血のうごめきだった？
その時
朝の空気をさくように
バンザイ　バンザイという声が流れていった？　とたんに
私は
血の正体を見たように思って　もっと
はげしく　うちふるえた

あれは……いや
手本のような家庭の団欒
そこには　まだ　かならず爪をかむ者がいる
爪をかむことでしか耐えることをしらなかった者が
爪をかみつづけた月日に　ついに
かみつづけることが一つの癖になったとき　てれ笑いとかさなって
爪をかむ意味が
一家団欒の一コマとなるような……

おかしいねえ
赤ちゃんみたい
私はてれくさそうに笑う母の顔をじっとみつめながら
ミカンをとろうとして　再び
ハッとする
今　天皇陛下バンザイがきこえはしなかったか？
今　天皇陛下バンザイがきこえはしなかったか？

もう嫌ですよ。どうしたんだ。もう、あなたのお母さんと一緒に住むのは嫌ですよ。だから、どうしたって聞いているじゃないか？　昨日もあなたが仕事に出ていったあと……あのね、カネ子さん、と義母が言う、あんた雲南省ち知っとるね。知りませんけど、と私は言う。あのね、そこにおった時の話ばしようと思うばってん、聞いてくるるね、義母は九州弁丸出しでそうつづける。それだけだったら、何もないじゃないか、さみしいから、お前と話がしたかったんだろう。ええ、いいですよ、と私は言う。雲南省でね、と言いながら今まで老人のものだったその義母の目が鋭どく私をにらみつけはじめる。カネ子さんあんた、うちが雲南省で何ばしよったか知っとるね。知りませんけど、と私は言う。淋しいから話をするんだったら、わざわざあんな話をしなくても。あんな話？知りませんけど、と私は言う。カネ子さん、かくさんでもいいんよ、義母はさらに鋭どく私をにらみつける。かくすとか、かくさないとか、本当に何も知らないんですから。私はムッとする気持ちを押さえていう。うちにはわかっとるんよ、カネ子さんは、うちをケイベツしとるんよ。そうですよ、あんな話。あんな話ってどんな話なんだ、さっぱりわからない。言うのもイヤですよ。でも、言わなければ解らないじゃないか。カネ子さんの目は、うちをケイベツして……。お母さん！私はこらえきれなくなって言う。お母さんは何が言いたいんですか？カネ子さん、目でものば言わんで、うちにははっきり言葉で言うてもろうていいんよ。でも……。でも、じゃないよ、君が母とケンカしていたら、何もかも駄目になってしまうじゃないか。でも……。でも、そんなふうに言われても……私はそう言って義母の顔をみる。うちは、あんたたちと住むごつなってからずっと、こらえて来たんよ、カネ子さんの目は、うちばケイベツしとる……。お母さん！でも……。カネ子、母が何と言ったんだ。あなた、おこってはいけません。だから、話さなければ何もわからないと言っているじゃないか。お母さん！その時、義母の口から畜生！という言葉がもれたのだ。畜生！お母さん！しばいはやめろ！あんたはうちのこつば腹ん中ではパンパンち言うて……義母の目に涙がたまっている。ほんとうに、おこりませんか？おこるもおこらないも、話をきかなければどうしょうもないじゃないか。でも……やっぱり……。カネ子！義母の手が、いかりのようなものでふるえはじめる。そげんよ、うちは雲南省でパンパンしとったんよ！お母さん！これでスッとしたろう、ふるえる義母の体。お母さん！カネ子！さあ、言ってごらん、母が何と言ったんだ。でも……。カネ子、夫のボクにも言えないことなのか？お母さん！やめて下さい！私は義母の声を押さえ込むようにどなる。お母さん！やめて下さい！これで、あんたはスッとしたろう！これで、あんたはスッとしたろう！義母は私の声などきこえないというように叫けびつづける。あなたは何も聞いていらっしゃらないんですか？何をだ。何か、雲南省の話とか……。うんなんしょう？聞いていらっしゃらないんですか？だったら……。お母さん！そんな話はやめて下さい！お母さん！うちは、あんたからケイベツされてもかまわん、ばってん、行夫がうちのためにケイベツされると……。お母さん！うちはケイベツされてもかまわん、ばってん、行夫が、行夫が……。こんなことを言ったら叱られるかもしれないけれど、私はいっぺんもあなたの中に朝鮮の血がまじっとるからといって、それが気にかかったことはないんですよ……。今さら何を言い出すんだ。気にかからないばかりか、わたしはそれを知って、あなたと……。わかっている、君のボクに対する気持ちは、よくわかっている。だから、あなたを尊敬して……。うちはケイベツされてもかまわん、義母は気がぬけたようにつぶやきはじめる。ばってん、行夫が……行夫が……。お母さん！私はそれ以上何も言えない。お母さん！兵隊サンノ世話ヲスル、ソレダケデイインダ、ソレダケデ今ノ仕事ノ何十倍モカセゲル。親孝行シタイト私ハ思ウ。親孝行ヲシタイト言ウ私ノ気持チニヤワラカクササッテクル、何十倍モカセゲルトイウ言葉。うちのために……行夫が……行夫が……。お母さん！だから、あなたを尊敬して……。だから、それと母の話と、どういう関係があるんだ。だから、その気持ちは今もかわっていなくて……。カネ子！お母さん！と言って私は義母の顔をみつめる。義母の放心したような目。兵隊サンノ世話ヲスルトハコウイウコトダッタノカ。涙ノデトル間ハ慰安婦トシテハツトマリマセン、涙ノデンヨウニナルマデヤリマクッテ下サイ。兵隊サンノ世話ヲスルトイウコトハコウイウコトダッタノカ。カネ子さん！今度は放心したような目をまた、きっとひきしめて義母が叫けぶ。あんたは日本人な！お母さん！うちの言うこつの聞えんとな、カネ子さん、あんたは日本人な！お母さん！だから、おまえの気持ちはわかっている、とさっきから、言っているだろう。でも、そのことをあなたの口から聞いておかないと、先の話が……。あんたは日本人な！問いつめるような義母の口調。お母さん、何故、そんなことを聞くんですか？他のこつに答ゆる必要はなか、さあ、おまいは日本人か、日本人じゃなかか！そんなことを……。戦地デハ、ドウショウモナクウエテイル兵隊ガ待ッテイルンデス、ソレヲ満タスタメニハ日ニ三十人ハサバイテモラワネバナリマセン、ソレニ耐エルタメニハ……。今ノ仕事ノ何十倍モカセゲル、今ノ仕事ノ何十倍モカセゲル。あなたは本当に雲南省の話を聞いていらっしゃらないんですか。きいていない。おい、カネ子、急に泣き出したりして、どうしたんだ、おい、カネ子！おまいは日本人か、日本じゃなかか、さあ、言うてみろ！もう、いやです！どうしたんだ、カネ子！さあ、言うてみろ、と私につめよる義母。日本人か、日本人じゃなかか、さあ、言うてみろ！みんな、お母さんから聞いて下さい！言えない、と言うかと思うと、急に泣き出す、これでも何一つわからんじゃないか！だから、みんな、お母さんに聞いて下さい。悲シミガトオリスギルト私ノ涙ハ枯レテイタ、コイツハサラモンダッタガ案外アキラメルノガ早カッタ。よし！あんたが言わんなら、言わんとでけんようにしてやる！お母さん！さあ、うちの股倉ば見てみんな、うちの股倉ば穴のあくごと見てみんね。お母さん！マラダケニナッタ日本人ノ兵隊。兵隊サンノ世話ヲスルトイウコトハコウイウコトダッタノカ。とにかく、もう、私は……お母さんとは……。あんなに仲がよかったじゃないか、それが急に……。だから、それは、お母さんにきいて下さい。ほら、ようっと見てみんね、うちの股倉の中にあんたの知っとる者がおるやろ、さあ、ようっと見らんね、私は義母の言葉を頭からあびながら、うちにはわかっとるんよ、カネ子さんは、うちをケイベツしとるんよ、というさっきの義母の言葉をはんすうする。母にきくと言っても、どういうふうにきり出したらいいんだ。兵隊サンノ世話ヲスルトイウコトハコウイウコトダッタノカ。あんたが、どこまででん黙っとるつもりなら、うちが言うてやる、うちの股倉ん中にマラばたてておるとはあんたの父親、あんたは腹ん中ではうちのこつばパンパンちいうて……はんすうする義母の言葉。あんたの父親が、うちの股倉ん中にマラばたてておるなら、あんたは、そやつの娘やから日本人のはず、うちはケイベツされてもかまわん、ばってん、行夫が、行夫が……。おい、カネ子、聞いているのか。もう、いや！おい、カネ子！もう、みんな、イヤ！こんなことを言ったらしかられるかもしれないけれど、わたしはいっぺんもあなたの中に朝鮮の血がまじっているからと言って、気にかかったことはないんですよ。今さら、何を言い出すんだ。気にかからないばかりか、わたしはそれを知ってあなたと……。わかっている、君のボクに対する気持ちは、よく、わかっている。だから、あなたを尊敬して。あんたは、うちの股倉ん中でマラばたてとる自分の父親ばみて、どげん思うな。お母さん！何が、お母さんか、うちはあんたからお母さんち呼ばれとうなか、うちは、あんたば……。もう、いい。また、明日、ゆっくり話そう。もう、いや。ゆっくり、ねるんだ、つかれているんだよ。うちには、わかっとるんよ、あんたはうちばケイベツして、そして、行夫もケイベツして……。うちのために……行夫が……行夫が……。もう、イヤ！もう、イヤ！さあ、ゆっくり、ねるんだ！

エヘヘヘヘ

また、おまいか、といわれました。エヘ、とわたしは頭をかきました。職業は？とケイサツのひとがいいました。この前いうた通りです、エヘ、とわたしは一ト月前つかまったときのことをいいました。そんなことはきいとらん、職業だ、職業、とケイサツのひとがいいました。ボロ屋です、といいかけて、廃品回収業です、エヘヘ、といいました。何がおかしいんだ、とケイサツのひとがいいました。おこられているけれど、エヘヘヘヘとわたしは頭をかきました。そんなふうだったら、帰れんぞ、とケイサツのひとがいいました。エヘヘヘヘとわたしはまた笑ってしまいました。おかしいわけではないけれど、エヘヘヘへと笑ってしまいました。反省しとらんな、とケイサツのひとがわたしをにらみながらいいました。エヘヘヘとわたしはいけないと思いながら、また、笑ってしまいました。ひとのものをとっとるんだぞ、ドロボーだぞ、とケイサツのひとはいいました。そして、ドロボーを悪いことと思っとらんのじゃないか、といいました。そんなわけじゃなかけど、わたしは、エヘヘヘヘと笑って頭をかきました。尻か口かわからん、とケイサツのひとはいいました。おまいは、口から屁をしとるようなもんだ、といいました。エヘヘヘヘとわたしは頭をもっとかき、エヘヘヘヘと笑いました。鉄クズでも、もち主はおるんだぞ。エヘヘヘ。クズはおまいだけでけっこうだ、おい、きいとるのか！きいています、というかわりにエヘヘヘヘと笑いました。笑うな！ケイサツのひとがおこりました。おこられるので、笑ってはいけないと思っているのにエヘヘヘヘと笑ってしまいました。反省せんようだと、家に帰れんぞ、わかっとるのか？わかっとります、というかわりにエヘヘヘヘとまた笑ってしまいました。何もわかっとらん、とケイサツのひとがいいました。わかっとります、というかわりに、また、もう一度、エヘヘヘヘと笑いました。このままだと、奥さんがむかえにきても、かえれんぞ、とケイサツのヒトがいいました。鉄クズのもち主も、今度はかんべんしてやるといっとるんだから、笑っとらんで、少しは反省したらどうだ。反省しとります、というかわりに、それでも、エヘヘヘヘと笑いました。何を考えとるかわからん、とケイサツのひとがいいました。クズをかっぱらうのは、ニンゲンのクズだ、とケイサツのひとはいってるのだな、思いながら、また、エヘヘヘヘと笑いました。おい、コラ！とケイサツのひとがいいました。ほんとうに、帰さんぞ！自分はニンゲンのクズになってしまったんだな、と思い、エヘヘヘヘと頭をかきました。もういい、ここに拇印を押せ！ここですか、エヘヘヘと笑いながら拇印を押しました。そこに、奥さんのもとこちゃんがむかいにきてくれました。もとこちゃんもエヘヘヘヘと笑ってはいってきました。すみません、もとこちゃんはエヘヘヘヘと笑って、そういいました。わたしもその横でエヘヘヘと笑って頭をさげました。もう、こんなことはするなよ、とケイサツのひとがいいました。もう、しません、というかわりに、頭をかきながらエヘヘヘヘと笑いました。もとこちゃんもわたしの横で、すみません、といってエヘヘヘヘと笑いました。もう、くるなよ、とケイサツのひとがいいました。もとこちゃんがお世話になりました、といってエヘヘヘと笑顔をつくりました。わたしはだまって頭をさげてエヘヘヘヘと笑いました。わたしともとこちゃんが、その部屋のドアを押して出ようとしたとき、ケイサツのひとのなげすてるような声がきこえました。こいつはダメだな。わたしともとこちゃんは手をつないでケイサツを出てきました。手をつないで、むかいの道路に出ました。ケイサツにおしりをむけて、もとこちゃんがエヘヘと笑いだしました。わたしもエヘヘヘと笑い出しました。エヘヘヘヘともとこちゃんが笑いました。わたしもエヘヘヘと笑いました。エヘヘヘ。エヘ。エヘヘヘヘ。そして、今度は、アハともとこちゃんが笑い出し、わたしがエヘヘからアハハハと笑い出しました。アハハハハともとこちゃんが大きな口をあけました。わたしもアハハハハと大きな口をあけました。

アハハハハ。アハハハハ。

アハハハハ。

アハハハハ。

おかしか、ともとこちゃんがいいました。おかしかね、とわたしも笑いながらいいました。

アハハハハともとこちゃんが笑いました。アハハハハとわたしは腹をかかえるようにして笑いだしました。

たった一つの日本語

「親分!」とくらやみのなかから声がして来ます。ドスのきいた太い声です。夜中、家の外で、何かもの音がすると、横でねていた妻が私をおこしたのです。耳をすますと、どうも、倉庫の外の資材置き場の方からのようです。様子を見るために、倉庫のところに出てきたところでした。その私の足をすくませるように、くらやみのなかから「親分!」とドスのきいた声がして来たのです。でも、「親分!」と声をかけられた方からは何の返事もありません。私は「親分!」と声をかけられたものがどこかにかくれていて何から指示しているのだと、とっさに思いました。私は音のする方にそっと寄っていって、壁のふし穴から、外の資材置き場の方をみました。細い線のような月でしたけれど、何があるか、ぼんやり見ることができました。鉄屑の山のこちら側、道路の方からみえない所に、リヤカーが一台おかれています。そのリヤカーは見おぼえのないリヤカーでした。リヤカーの上に、物が落ちないように四辺にベニヤ板がたてられています。どうも、そのリヤカーの中に何かを運びこんでいるようです。そこへ、突然、男の姿があらわれました。体は大きくありませんが、がっちりした体つきです。両手に、わしづかみにした電線をひきずっています。顔の表情はわからないけれど、するどい目つきをしているだろうなあ、と私は思いました。私は、私の店の品物をリヤカーにのせているその姿を、じっと、みていました。というのも、一週間前、同じように電線クズを盗み出そうとしているのをみつけ、その男たちに声をかけ、刃物で刺され、大ケガをした同業者のことを思い出したからです。しかも「親分！」というドスのきいた声もしている。今、出ていったら、どんなことになるかわからない。ひとつ間違えば命をおとすことになりかねない。私は、倉庫のふし穴から、その様子をじっとみていました。鉄クズの道路側の方からタッタッタッタッと走ってくるクツ音がしました。電線クズをリヤカーの方にひきずってきていた音が、電線クズを足もとにおき、そのクツ音に向って「親分！」とおさえた声でいい、こっちはひとりでいい、親分は、あっちの方を見張っていて下さい、というような身ぶりをしました。その身ぶりでクツ音はやみました。でも、私は今のクツ音は大人のクツの音ではないような気がしました。子供が、親に向って走ってくる時の、そんな音にきこえたのです。でも、電線クズをひきずっている男はたしかに、そのクツ音に向って「親分！」といったのです。私は頭をふり、その「親分！」とよばれている男は、子供のように身のかるい男なのだ、だから、子供のような足音をさせて、近よって来たのだ、と思うことにしました。電線クズをひきずっていた男は、下においた電線クズをまたわしづかみにすると、リヤカーのところにひきずっていき、のせはじめました。その電線クズは二日前、ある電気工事会社から五万円で買ってきたものでした。電線の皮をむいて売れば七万円ぐらいにはなるでしょう。それを盗んでいこうとしているのです。でも、私は、一週間前の同業者の刺傷事件のことを思うと「コラーッ！」と声を出す勇気はありませんでした。この前、病院に見舞にいったとき、その同業者も「盗んどるとこをみつけてもけっして、声をかけるな、そんなことより、どういう奴かよく見といて、ケイサツにとどけた方がいい」といっていたのです。私も、そうしようと思い、男たちの様子をじっと、みていました。電線クズをとられたぐらいで死にたくない、命がもったいない、などと思いながら、私は自分にそう、いいきかせました。男は、せっせと私が二日前に買ってきた電線クズをはこびます。でも、それから、「親分！」とよばれた男は、とうとう一度も姿をみせることはありませんでした。私は、ふところに刃物をしのばせて、物かげにかくれ、あたりをうかがっている「親分」の姿を想像し、身がふるえました。電線クズをリヤカーにつんでいた男は、二日前、私が買ってきた電線クズをつみおえると、青いビニールシートをかぶせ、自分でもってきたものでしょう、リヤカーのむこうにおいていたらしい段ボールをそのビニールシートの上につみはじめました。このリヤカーには段ボールだけしかつんでいませんよ、そんなふうに見えました。男はそれをロープでゆわえつけると、リヤカーを持ちあげ「親分！」といい、道路の方にリヤカーをひき出しました。そして、くらやみの中にきえていきました。私はすぐ外に出ようとしましたが「親分！」という男のドスのきいた声が頭からはなれず、なかなか外に出れませんでした。四、五分たって倉庫からそっと、外に出てみました。でも、私は「親分！」とよばれた者がそこらあたりにいるような気がして、鉄の棒を手にもってあたりをうかがい、道路の方に出ました。外に出てみると、細い線のようなお月さんですけど、案外、外は明るいことに気付きました。そして、一〇〇メートルぐらい先の道路を左の方に曲ろうとするリヤカーが目にはいりました。リヤカーをひいている男はもう半分、角にかくれかけていましたが、私は角を曲りかけたリヤカーの上に、ちょこんとのっている子供の姿をみかけたのでした。子供を連れて電線クズを盗みにきていたのか？とすると「親分！」とは？いや、そんなはずはない、と私はまた頭をふりました。「親分！」はリヤカーの前をロープか何かで引っぱっていて、もう、見えなくなっていたのだ？

部屋に帰ると、私はフトンの中の妻に「やられた！」といって、まゆをしかめました。「三人組だ！親分！というとった」。私は「親分！」ということばに力をこめて、そういいました。妻は目をこすりながら「親分！」という私のことばに、一週間前の同業者のことを思い出したらしく「いのちをとられるよりも、まし」といって、私をそれ以上、せめようとはしませんでした。その日、私は一睡もすることができませんでした。「親分！」というドスのきいた声と、タッタッタッというクツの音が耳の奥でなりつづけたのです。

「親分！」

タッタッタッタッ。

翌日、私は、となり町にあるケイサツに行くことにしました。そのついでに、そのケイサツの近くで商売をしている同業者の江頭さんの店によったのです。そこで、私は、びっくりすることに出会ったのです。江頭さんの店の資材置き場に、昨夜盗まれた、あの電線クズがあったのです。私は江頭さんに「よか、電線がきたねえ」といってみました。すると江頭さんは「今朝、買ったばかりだよ」というのです。私の家から三キロほどあります。「チョーセンひとのごたった」そして「子供と奥さんと三人づれでねえ、汗をびっしょりかいて……」というのです。「ほとんど日本語も話せんようで、身ぶり手ぶりで。」私は、何が何だかわからなくなりました。子供という江頭さんのことばはわかる、しかし、どうしても「奥さん」ということばが理解できないのです。とすると「親分！」とよばれていたのは「奥さん？」それとも……「親分！」というあのときのドスのきいた声は、おどかしのための声だったのか？「親分！」といっておれば、そこの持ち主が出てきて様子をうかがっていてもこわがって、とがめることもないだろう？そう思い「親分！」ということばを発していたのか？たったひとつの役だつ日本語。それとも……「奥さんは電線クズの横で、毛布にくるまってねていたよ、青いシートの上の段ボールにおさえられて。どす黒か顔色をしとった、何か、ひどか病気じゃなかとよかけど」そして、そこで、ことばをきり「リヤカーでしとるぐらいで、こげな電線は手に入らんと思うたけど、奥さんの姿をみとったら、かわいそうでねえ、まあ、盗品やったとしても、自分で弁しょうすればよかと思うて……」とすると、あのとき、くらやみの中で毛布にくるまってその奥さんはリヤカーの中でうづくまっていたのだ！そして、子供は必死に見張りをしていた？父はどこにもいないヒトを「親分！」とよび……

「大丈夫じゃなかと」と、それは盗品じゃないよ、というふうに私はいった。

「大丈夫かのう？」

「大丈夫、大丈夫」

「まあ盗品とわかれば盗られたひとに、これは、そっくりかえすよ。半年ばかり倉庫の中で保管しとこう」

「それで、よかとやないと」

私は、ケイサツにいったが、盗品はなかなかみつかることはないよ、いちおう、さがしてはみるが……とケイサツのひとはそういうとったよ、と妻にいうことばを考えながら、江頭さんにそういった。

初雪

「ごめん下さい、ごめん下さい」と倉庫の方から声がしてきました。女のひとの、すんだ声でした。ボロ屋という商売がら、すんだ声をきくことなどめずらしいのです。夕ごはんの時でしたが、誰れだろう、と思ってはしをおいて出ていくと、三十ぐらいのきれいな女のひとが、大きなふろしき包みをかかえてたっていました。「なんでしょう?」とわたしはいいました。「これ、買っていただけます?」と、女のひとは鈴のなるようなすんだ声でいいました。「母が死んで、服を整理したもんですから」「よかですよ」と、そのひとから包みをうけとりながらわたしはいいました。「ふろしきのまま、いいですか?」「いいです、いらないから」すんだ声のそのひとは、まゆの間にシワをよせ、汚ないものをすてに来た、というようにボロの山の横にほうりやりました。「お金にはならんですよ、今、ボロの相場がやすいから」「どうせ、すてるもんだから、もらってもらうだけで」鈴のなるようなすんだ声だけどやはり、汚ないものをすてるようないい方で、そういいました。汚ないものをすてるようにほうり投げられた包みをあけると、りっぱな着物などがはいっていました。冬物の……「もったいなかですねえ」とわたしがいうと、それでも「それでも、いいです」と汚ないものをすてるようにいうのです。やっぱり、金持ちは違うなあ、わたしの思いとはうらはらに、そのひとは、すっきりしたというように帰っていきました。女のひとが帰ったあと、母屋にもどりごはんをたべはじめました。「何、やった？」とわたしの妻がいいます。「うん」それから、わたしは妻にこういってみました。「みたこともなかごたるよか服やった」「ああ、そうね」「何で、あげなきれいかもんばすてるとやろかね」わたしは妻の服が油のようなものでシミがついているものをみながらそういいました。「なんでやろね」妻は、そんな話はもういいというように、茶ぶ台にしがみつくようにして粗末な食事を食べている子供に、自分の皿の上の小さな肉ぎれを、だまってわけあたえてやりました。「うわーっ肉、肉、」と子供たちが大きなかん声をあげます。妻は、油のようなものでシミのついた服のそでをまくった手をのばし、下の子の口もとについたごはんつぶを指でとって、それを口にもっていきにこにこ笑っています……そのとき、また……「ごめん下さい、ごめん下さい」という、今度は上品そうなお年寄りの声が、倉庫の方からして来ました。すんだ声もめずらしいけれど上品そうな声もめずらしいのです。食べるのをやめて倉庫の方に出ていくと、声のとおり、上品そうなおばあちゃんがたっていました。でも、十二月というのに、半そでのワンピース姿なのです。「なんでしょう?」とわたしは、それにしてもうす着のひとだなあ、と思いながらいいました。「あのう、今、着れるようなものはありませんか?」「えっ?」「なんでもいいです。ボロの中に、何か着れるようなものはありませんか?」「あるにはありますけれど」と、わたしは上品そうなそのおばあさんをみながらいいました。「わけてもらえませんか?」うす着をした上品そうなそのおばあさんは、寒さでふるえながらそういいました。「どうぞ」と、わたしはその上品そうなおばあちゃんをボロの山の方につれていきました。こんなボロの山に近づけるのももったいない、そんな上品なおばあちゃんにみえます。「どうぞ」でも、おばあちゃんは、そのボロの山の前で立ちすくんでしまいました。おばあちゃんの前に、さっき、すんだ声の女のひとがもってきたふろしき包みがあったのです。「これ?」「はっ?」「これ、わたくしの……」と、おばあちゃんは立ちすくんでいるのです。「おばあちゃんのですか?」と、わたしはききました。「わたしの冬ものが、ここに……」おばあちゃんの表情と体はそういっているのです。「おばあちゃんのものだったら、これ、全部、もっていっていいですよ」と、わたしはいいました。「ただでもらったものですから」そう、いいました。若い女のひとがもってきたことはだまっていました。でも、おばあちゃんは、あわてて頭を横にふりました。そんなことはできない、というように顔の前で、右手を横にふりました。でも、さっきのひとは、母が死んだからなあ、「おばあちゃんのものだったらいいですよ。何かのまちがいで、ここにまわってきたんでしょう」でもおばあちゃんは、そのふろしき包みをおしやって「ほかのものを」といいました。そして「これを」と色のさめた茶色のセーターをゆび指しました。「いいですけど、こっちのふろしき包みのものでもいいですよ」と、わたしはいいました。でも、そのふろしき包みには目もくれず「このコートを」と、これもよれよれになったコートをゆび指し、いいました。「いいですよ」わたしはもう「このふろしき包みのものでもいいですよ」とはいいませんでした。「おいくら」と、おばあちゃんは、それでも上品にいいました。「お金はいいですよ、ここのボロは全部、ただでもらったものですから」「すみませんね」と、おばあちゃんはいいました。目に涙をいっぱいうかべていました。「たすかります」ていねいに礼をいって、そまつなおばあちゃんのうしろ姿になって出ていきました。

「父ちゃん！　ごはん、冷えるよ！」

倉庫の窓から外をみると、外は初雪になっていました。

妊娠

春の日です。こんな日は誰れでも、はおっていたものを一枚ぬいで、そこらあたりのベンチにどっかりすわりのんびりしたくなるものです。しかも、桜もさいています。風にふかれて、花びらが数枚とんできたりしています……そんな光景の川べりの公園にトラックに鉄屑を積んでさしかかった時のことです。私は、ほっとする光景?をみました。私は廃品回収業という商売をしていますから、その光景がぽっと目にはいったのでしょう。リヤカーに段ボールをいっぱい積んだ夫婦らしい年寄りが二人ならんでベンチにならんでですわっていたのです。私はこの夫婦は家のない夫婦で、このリヤカーをすみかにしているひとだとすぐわかりました。リヤカーの作りをみればすぐわかるのです。山のように段ボールが積まれているけれど、その段ボールの下にはベニヤ板で作られた部屋があるのです。

つまりベニヤ板でつくられたその部屋の上に段ボールが山のように積まれているのです。私はトラックを道路の端にとめて、タバコをすいながらぼんやりその光景をみつめていました。すると今まで肩をならべてすわっていたごましお頭の男のひとの方が、となりのごましお頭の女のひとのスカートをめくりはじめたのです。女のひとはいやがるふうもなく桜の花をみているようです。うすよごれたスカートが風にまうようにめくれます。そのときです。スカートをめくっていた男のひとがごましお頭をそのめくれたスカートの中に、つっこんだのです。小さい子供が母親のスカートの中に頭をつっこみ、はしゃぐようなそんな姿にそれはみえました。きゃっ、きゃっ、という声がきこえてきそうな光景でした。でも、頭をつっこんでいるのは子供ではありません。ごましお頭の六十すぎぐらいの男のひとなのです。頭をつっこまれているひとも、ごましお頭の六十ぐらいの女のひとなのです。でも、私には、少しもいやらしく思えませんでした。風にまっている桜の花びらがそうさせていたのかもしれません。男のひとはスカートの中に頭をつっこんだまま、五分ぐらいじっとしていました。やがて、スカートの中から頭をだすと、ごましお頭の男のひとは女のひとにむかって、にっこりしました。その笑い顔に桜の花びらがくっついています。私はタバコをすうのをおえるとトラックにのり、その場をはなれました。私はなんだかとても、いい気分になっていました。なんだかとてもいいもの？をみた、そんな気分です。今みた光景をひとに話せば、ジジイとババアが、そげなことをしとったたん、気持ち悪か、というにきまっています。でも、あの老夫婦のしている行為は、私には少しも、いやらしく思えませんでした。でも、その光景も、桜がちると共に、私の記憶から遠ざかりました。川べりのその公園の前を通るとき、ふっと思い出すことがありましたが、普段は、もう、ほとんど思い出すこともありませんでした。そんなある日、私は国道三号線の道路ぞいで、その夫婦をみかけたのです。車のいきのはげしいところに段ボールを山のように積んだそのリヤカーはとまっていました。そこは信号のところでしたので、私はトラックにのり、赤信号でとまっていたのです。そのとき、そのリヤカーが目にはいったのです。すぐ、あのときの老夫婦のリヤカーだとわかりました。私の中で、あのときの光景がよみがえってきました。でも、そんな私の中の光景をはらいのけるような光景が私の目の中に入ってきたのです。女のひとが腰をつき出して小便をしている姿でした。子供のころみかけた年寄りたちが腰をうしろの方につき出して腰巻きをまくり小便をしていたあの姿でした。でも、その姿だけだったら、私も、おどろきはしなかったでしょう。そのつき出した腰の先に、あのとき、スカートの中に頭をつっこんで、子供のようにはしゃいでいるようにみえた、ごましお頭があったのです。信号まちをしている車の中のひとたちは笑うというより苦笑していました。女のひとのスカートをまくり、そのスカートの中で流れおちる小便を真剣な顔でみているのです。滝のような小便、それを真剣な顔でみているごましお頭。苦笑いする光景にちがいありませんでした。でも、私は、にが笑いすることができませんでした。

あの川べりの光景をみていたからかもしれません。あの男のひとは何をみているのだろう？信号がかわりました。でも、私は信号が青になったのをみのがしていたらしく、後からプップーとクラクションをならされてしまいました。

それから、一週間としないうちに、私はその夫婦に出会うことになりました。なんのことはない。その夫婦が私がやっている店にやってきたのです。段ボールを山のように積んで「コメンハイヨ、コメンハイヨ」とやってきたのです。私はそのことばをきいてすぐ「あっ、このひとたちはチョーセンのひとだ」とわかりました。商売がら、私はチョーセンのひとたちとよく、出くわすのです。「コメンハイヨ、コメンハイヨ」というそのいい方で、すぐわかったのです。でも、私は丁度、出かけていくところでした。「工場のすみに解体した鉄屑をおいとるから、すぐとりにきてくれ、じゃまなるから」その声はいそいでいるようなので、すぐ行かなければなりません。私は妻を呼んで、段ボールをはかってくれるようにたのみ、トラックの方にいきました。そのとき、男のひとに目をやったとき、私は男のひとのその姿が、このまえ、信号のそばでみたときよりも少し、やつれているようにみえました。川ぶちの公園の光景。信号まちしていたときのあの光景。あのときの光景の中で動いていて生々とした姿。私は、二人に頭をちょっとさげ、外に出ていきました。段ボールをはかるのに三十分はかかるだろう、その間に妻がいろいろな話をするにちがいない、そのときの話を、帰ったら、妻にきいてみよう、トラックにとびのると私はいつもよりスピードを出して、工場に走りました。そして、いそいで仕事をすませ、家に帰ってきました。もう、リヤカーの老夫婦はいませんでした。気になるので、老夫婦のことをきいてみようと、そのことをきり出したとき、妻が、私より先にこんなことをいい出したのです。

「おかしなことをいうひとやったよ」と妻はいうのです。私がだまっていると、

「奥さんの方がこんなことをいい出したとよ、かたことの日本語で」

妻のいうことを要約すると、だいたいこんなふうでした。

――夫がこんなことをいうんですよ、朝鮮にかえりたいけど、こんなことをしとるから、とても帰れそうにない、だからでしょう、夫がこんなことをいうんですよ、なんとかしてガンバレば朝鮮に帰る一人前の旅費はできるかもしれん、おまえだけでも帰ってくれ、というかと思うとったら、ちがうんですよ、おれも一緒に帰る、私のお腹の中にはいって帰る、というんです、妊婦やったら一人前でいいはずやから、おれを妊娠してくれ、というんですよ――

妻はそんな話をしたあと、

「でも、笑えんかったよ、夢みたいな話やから、笑うたほうが一番よかち思うけど、何か、真剣に話しとるから」

私は、妻の話をききながら、川べりの公園の光景を思い出しました。あのとき、スカートをまくり、スカートの中にごましお頭をつっこんでいたのは……それから、あのとき、信号のところでスカートの中から滝のようにながれ出てくる小便を真剣な顔つきで、じっとみつめていたのは……

「にんしん、ねえおかしいやろ」

妻はぽつんといって、私の顔をみました。私は何にうなずくということもなく、うんうんとうなずきながら
「なるほど、にんしんか?」

とつぶやくほかはありませんでした。


それから一ト月ほど、そのリヤカーの夫婦をみかけることはありませんでした。ところがひょんなところで、女のひとをみかけたのです。ジュースをのもうと思ってトラックをとめた自販機がたくさんならんでいるところででした。女のひとが自販機の下をのぞいたり、自販機のつり銭のところに手をつっこんだりしているのです。あれっ?と私は思いました。どこかで、みたようなしぐさだ、と思ったのです。もしかしたら?リヤカーは?と思ってあたりをみまわしましたが、みあたりません。でも、あのごましお頭は、あのときの女のひとにまちがいない、その女のひとが、一人で、自販機のまわりをうろうろしているので

す。私はとっさに、ああ、このひとは、自販機からこぼれたお金をひろおうとしているな、と思いました。自販機にはときどき、おつりをとるのをわすれているひとがいて、小銭がはいっていることがあるのです。それを、ひろっているな、と思ったのです。自販機の下にも手をつっこんだりしています。小銭をおとしたとき、自販機の下にころがりこんだら、おおかたのひとはひろわないのです。それがあるかもしれない、そう思い、手をつっこんでいるように思えました。私はその様子をトラックの中からみていました。出ようか、それともこのまま別のところにいこうか、そう思ってもう一度、女のひとをみて私は「あっ！」と声をあげてしまいました。女のひとの腹がふくらんでいたのです。

「妊娠しとる！」

とっさに、妻の顔をうかべました。妻のいったことが頭の中をかけめぐります。目の前に、妊娠した女のひとがいる、そして、男のひとの姿がみあたらない、とすると……私は、自分の想像をうちけすように頭をふりました。そして、もう一度、女のひとの方をみました。女のひとの顔が何かどす黒くみえます。汚れているとかそんないろではなく、体の中から、どす黒くなっている、そんな顔色です。私は、女のひとのそのどすぐろい顔色と、ぷっくりふくらんだ腹をみながら、悪い病気でなければよいがと思いながら、そこをあとにしました。

それから半年ぐらいすぎたころ、私はある新聞の地方版の記事に目がとまりました。十行

ほどの記事でした。でも、私はその記事を目にしたとき、
と、こころのなかでさけびました。その記事は、K川の河口の小さな公園のかたすみで、リヤカーの中から男と女の二つの死体がみつかった、という記事でした。もう、ずい分たっているらしく、ふらんがすすんで骨がみえていた、でも、その二つの死体は、羽根ぶとんをきれいにきていて、だきあうようにして死んでいた、というものでした。私は、だきあうように、というところで、あのとき、川べりの公園でみたごましお頭の男のひとが、スカートに頭をつっこんでいた姿をかさねあわせていました。

「あの夫婦だ！」

きっとそうだ！いや、そうあってほしい！

K川の河口。そこは昔、朝鮮といききのあった港のそばでした。

見えない便所

「サア　ヤルパイ」と朴さんがいっています　仕事をはじめるとき朴さんはいつもそういいます　そして手のひらにペッとつばをはきかけ四五回すりあわせるとぱんぱんとたたき「サア　キバッテヤルパイ」といいます　八月十五日お盆の中日それにしても熱い日ですじっとしていても汗がふき出してきます「こげな日にこげなことをせんでも」とうちの母ちゃんはいっていますそれでも父ちゃんと朴さんと金さんと諸藤さんはねじりはちまきをしてやる気満々です　きっとあとでビールを飲みたいのだとおいは思います　母ちゃんから文句をいわれんで飲むには働くのがいちばんです　働いたあとなら母ちゃんに文句をいわれなくてすむのです「サア　ヤルパイ」という朴さんの声に「カンパル　カンパル」と金さんがこたえます　諸藤さんはニヤニヤ笑って黙っています　父ちゃんはそんな

三人に向って「あとで楽しみのあるばい」といいます　でもこの四人があつまって酒を飲みはじめるとよくケンカになります　とても仲がよいのにケンカをするのです　とくにテンノーということばがきこえはじめるとつかみあいのケンカがはじまるのではないかと思うことがあります　テンノーとは天皇陛下のことだと思いますがもしかしたらちがうのかもしれません　テレビの中の天皇陛下はあんなにやさしい顔をしとるのに父ちゃんたちのいっているテンノーはちがうようです　今日は倉庫の北の隅にある便所を解体するのだそうです　おいはこんなところに便所があることは知りませんでした　おいにはみえないのです　でも父ちゃんたちがテンノーなどとどなりながらケンカをしはじめると倉庫の隅の方に何かがあらわれるような気がしていたのです　そしてそのケンカがはげしくなりはじめるとそこから何かなまぐさいにおいがしてくるような気がしていたのです　それを今日父ちゃんたちが解体するようなのです　「サア　ヤルパイ」と朴さんがまた手のひらにペッとつばをはきかけそれをパンパンとたたきます　そして朴さんのあとに金さん諸藤さん父ちゃんとつづいて倉庫の北の隅の方に歩いていきます　おいの家は昔の軍隊の馬小屋だったそうです　そこを倉庫と住むとこをベニヤ板でくぎって住みボロ屋をしているのですその倉庫の北の隅の方に四人が歩いていきます　おいにはその四人の姿がどこか遠くの方に行くように見えます　いいえ四人がケンカをしながらテンノーというときにおってくるあのなまぐさいにおいの方にそのにおいをあびながらはいっていくように見えます　その

はいっていく方向からカッカッカッカッという何かのくつの音がしてきます　いつかテレビでみた大きな競技場で雨の中を鉄砲をかついで行進する若いひとたちのあの行進の時のくつの音ににています　そのくつの音となまぐさいにおいの中に四人が手につばをはきかけはいっていきます　おいは父ちゃんたちは便所を解体するといっているけれど何か他のものを解体するような気になっています　そしておいには見えない便所とは何だろう？とおいは思います　便所はウンコをするところでだれにでも見えないといけないはずなのにおいには何も見えないのです　そのうえなまぐさいにおいもしています　ウンコをたれる音ではなくカッカッカッカッと気持ちの悪いほどそろったくつの音もしてきます　その時ベニヤ板の向うのおいたちの住んでいる所から母ちゃんが出てきました　そして不思議そうに四人の姿をみているおいに「あげな便所ははよくずしてくれた方がよか」といいます　「あげな便所？」とおいは母ちゃんの顔をのぞきこみます　「あんたには見えんやろね」と母ちゃんはいいます　おいは「見えん」といいます　「ばってんなまぐさかにおいのするよくつ音がするよ」といいます　「おまいにもきこゆるか　やけん早うくずさんといかんとよ」といいます　母ちゃんはそういってからまたベニヤ板の向うの部屋に消えていきますそこにおって見とったら何もかもわかると母ちゃんはいっているようにおいは思います　母ちゃんは「ここを動いてはいけん」とはいっていないけどおいはここを動いてはいけんような気がしています　倉庫の隅からにおってくるなまぐさいにおいとくつ音がそうさせ

ているのかおいにはわかりません　でもおいはここから絶対動いてはいけないような気がするのです　おいは「じっとしとれ」といわれるとじっとしていられなくなるのに今はだれもみていないから外に出ていってもいいのにここから動いてはいけないような気がしているのです　倉庫の隅の方から何かをこわす音がしてきます　バリッバリッと板か何かをひきはがすような音です　おいは見えないけど便所の壁をこわしている音だなと思いますでもしばらくしてその音の中から出てきた金さんは板をはがす音がうるさいのか両耳をおさえています　さっきはがされた板のむこうに金さんのききたくない音がまじっていたのだとおいは思います　金さんはボロ屋だからもののこわれる音は何ともないはずですでもその音の中からとび出してきた金さんは両耳をおさえています　まゆをしかめていますそのあとから父ちゃんが「すまん　すまん」と頭をかきながら出てきます　「ちょっといっぺんにやりすぎたかなあ」　でも金さんはそんな父ちゃんのことばなどきこえないというように耳をおさえたままです　父ちゃんはバリバリと板をはがす音をいやがって金さんが両耳をふさいでいると思っているようです　でも金さんはその音がしなくなっても両耳をふさいでいます　「金さん　金さん」と父ちゃんが金さんの肩をこずきます　すると金さんが父ちゃんの手をはらいのけます　「さわるな！」といっているようなはらいのけ方です　そのときぷーんと血のにおいがしてきます　倉庫の隅の方からではなく金さんの体からその血のにおいはしてくるとおいは思います　金さんの耳が何をきいたかおいには

わかりません　でもバリバリと壁の板をはぐ音ではなく別の音をきいたのだとおいは思います　金さんの肩をこずいたその手をはらいのけられた父ちゃんはびっくりした顔をしています　今何がおこっているのか？　おいにはわかりません　でも何かがおこっていることはわかるのです　酒をのんでいるとき父ちゃんたちの口からテンノーということばが出はじめるとにおってくるあのなまぐさいにおいがしてきたからです　しかも血のにおいのようなのです　よくないことがおきるかもしれないとおいはふと思います　よくないこと?とおいは自分に問いかけます　理由はわからないけれどとにかくよくないことと問いかけられた自分は答えます　でも何もおこりませんでした　金さんが血のにおいをつれてきただけでした　金さんはびっくりして立ちすくんでいる父ちゃんをそこにおいてまた解体している音の方にはいっていきます　おいは「父ちゃん！」と声をかけようとしましたが何か声をかけてはいけないような気がしてやめました　父ちゃんはおいの目の前にいるけれどずっと遠くにいるように思えるのです　でもそんなに遠くにいるように思えるのに血のにおいはずっと近づいてきていておいが立っている足もとのあたりからにおってくるような気がします　何かを知るということはそういうことかもしれないとふとおいは思います　おいは血のにおいをけんめいにかいでみます　血のにおい？　おいは血のにおいといっても指をケガした時それをなめるため口にもっていったときその血のにおいをかいだぐらいです　でもそのときは血のにおいのことなど少しも気になりませんでした　今は血

はどこにもみえないのにおいの二つの鼻の穴は血のにおいでいっぱいです　おいはその血のにおいではきそうになります　もしかしたら父ちゃんが立ちすくんでいるのはこの血のにおいのせいかもしれないとおいは思います　そのときまたその血のにおいの中から金さんがとび出してきました　今度は両手に白い骨のようなものをもっています　そして金さんは白い骨をふりかざすのではなく体の中から出てくることばにまわりの血をぬりたくるようにして金さんはいいます　「何デペンジョニ骨ガアルカ」といいます　父ちゃんは血をあびるように金さんのことばをあびながら「ここは昔の軍隊の馬小屋やったとやからねえ　骨の一つや二つは出るかもしれん」といいます　「ペンジョハクソスルトコトチカウカ」と金さんがいいます　「だから死んだ馬の骨を……」と父ちゃんはいいます　「馬ノ骨?馬ノ骨ニシタイカ」と金さんはいいます　「いやたとえたとえ」と父ちゃんがいいます　「骨ヲ馬ノ骨ニタトエテイトカ」と金さんがいいます　血のにおいのなかで金さんがいいます　金さんの口から「骨」ということばが出てくるとそのことばの数だけ血がくさくなっていくような気がします　血がくさくなってそのにおいが強くなっていくような気がします　「馬ノ骨ナラ骨ステ場ニステレバヨカ」と金さんがつづけます　「ソレヲニンゲンノクソスルトコステタオカシクナイカ」　金さんがいいます　父ちゃんは黙っています　「カクシタナ　骨カクシタナ」と金さんはいいます　「カクシテ板ウチツケテ骨カクシテ」と金さんはいいます　おいは金さんがまっ赤に血をあびているように思います　くさく

なった血をあびて「骨カクシタナ」といっているように思えます　父ちゃんにはその血がみえているのかもしれません　父ちゃんは金さんのことばに何もいいかえさず青白い顔をしてその姿をじっとみています　金さんはそんな父ちゃんの前にその骨を置いてまた解体現場の方に走りこんでいきます　父ちゃんは目の前におかれた骨をじっとみています　そこへ諸藤さんがニタニタ笑いながら出てきます　そして父ちゃんがじっとみている骨をみつけて足でけり「馬の骨？」と諸藤さんが笑いながらいいます　父ちゃんは黙っていますおいは父ちゃんも少し血をあびているのかもしれないと思います　「骨は可燃物やから袋に入れて材木と一緒にしとってよかですばい」と諸藤さんはいいます　廃材と一緒にゴミ処理場にすてに行くと諸藤さんは金さんが骨をみながらそういっているのです　「金さんがもってきたもんやからここにおいとこ」と父ちゃんはいいます　「よかとやなかとすてても馬の骨やから」と諸藤さんはニタニタ笑ってそういいます　諸藤さんはここにある骨がどうしても馬の骨にみえるようです　父ちゃんのことばに諸藤さんはもう一度その骨を足でけって便所の方に歩いていきます　それといれかわるように今度は金さんと朴さんがとび出してきました　二人とも涙をポロポロながしています　「どげんしたと？」と父ちゃんが二人にききます　でも二人はポロポロ涙をながすだけです　「金さん！　朴さん！」　父ちゃんの声に金さんと朴さんの体から何かがこぼれおちるのがおいの目に入ります　金さん朴さんの体の奥の方それはしみ出しこぼれ落ちているようにおいにはみえま

す「骨ハヤッパリニンゲンノ骨ダ」と金さんがいいます　朴さんも涙をながしながらうなずきます　そして二人の口から「哀号！」ということばが小さくもれます　おいはそのことばをきいたときとっさに金さんと朴さんの体からこぼれおちているのはそのことばだと思います　「哀号」ということばが金さんと朴さんの体をつつみこんでいてつつみこまれていることで金さんと朴さんはポロポロ涙を流しているのだと思います　父ちゃんにも金さんと朴さんの「哀号！」という声がきこえたようです　父ちゃんは下におかれた骨の方に目をやります　その骨を金さんと朴さんの体からこぼれおちているものがつつんでいきます　金さんと朴さんが便所の中から自分の体の中にすいこみそれが自分の体の奥からしみ出しそれがまた「哀号」ということばをつつんでいきます　「骨ハ馬ノ骨デハナイ」と二人からこぼれおちる「哀号」ということばがいいます　父ちゃんはそんな光景をみて「うんうん」とうなずいています　金さんと朴さんは体からしたたるものをあたりにふりまきまた便所の方に走りこんでいきます　金さんと朴さんのあとを追うように父ちゃんが走っていきます　おいは父ちゃんのその姿をふと「日本人のように」というふうに思いますなぜだかわからないけどおいはそう思います　そのとき下におかれていた骨がコロッところがります　「生きとる！」とおいは思います　「この骨は生きとる！」とおいは思います　骨はニンゲンが死んで肉がくさったあとに残るものなのに今おいの前にある骨は「生きとる！」と思えるのです　おいには倉庫の隅の便所は見えないけれど金さんと朴さ

んがもってきた骨は見えている？　どういうことだろうとおいは思います　それに金さんと朴さんがもってきた骨は「生きとる！」と思えるのです　おいにはよくわからないけれど倉庫の隅にある便所は「今も生きている」と思いはじめます　金さんがもってきた骨をいっぱいだきこんで「生きている」とおいは思いはじめます　そして……「汚なか汚なか」といって諸藤さんが両手に骨をぶらさげて出て来ます　「かめの中にこげな骨がびっしりつまっとる」　そしてこうつけ加えます　「その骨にうじ虫のぬけがらがびっしりくらいついとる汚なか汚なか」　そしてその骨を汚ないものをすてるように金さんがもってきた骨の横にほうりなげます　パラパラと何かがとびちります　諸藤さんがいったうじ虫のぬけがらです　でも諸藤さんがいうようにそのうじ虫は死んでいないようにおいには見えます　生きていて骨のまわりにまとわりついているように見えるのです　おいは骨のまわりの肉をくって腹をふくらませひと休みしているのだなと思います　諸藤さんはそんな骨をなげすて黒いビニールの袋をもって便所の方にかけこんでいきます　きっとうんこをためるかめの中の骨をその中に入れて可燃ゴミにするつもりなのです　諸藤さんは昔の便所を解体しているのだからみんなゴミと思っているのだと思います　だから骨を足でけったり汚ないものをすてるようにほうり投げることができるのだとおいは思います　諸藤さんと入れかわりに父ちゃんが出てきます　父ちゃんは今度は血をいっぱいあびています　そして頭をたれています　父ちゃんは便所を解体しながら何かをみたんだとおいは思います　それ

は何かわからないけど父ちゃんがあんなに深く頭をたれているのを一度もみたことがないからです　父ちゃんは骨のまえで立ち止ります　そして骨に目を落とします　父ちゃんの目の中で諸藤さんがうじ虫のぬけがらといっていたものが生きたうじ虫になって動いているのがおいの目に入ってきます　父ちゃんは何を見たんだろう？とおいは思います　何をきいたんだろう？とおいは思います　そのとき金さんが黒いビニール袋を背負って便所の方から出てきます　ひたいに汗をいっぱいかいています　そしてその黒いビニールの袋を下におかれていた骨のよこにおきます　「ニホン人ハ骨ヲコンナニアツカウノカソレトモチョーセン人ノ骨ダカラカ」と金さんはその黒いビニール袋の中のものを出しながらそういいます　「ドウシテモゴミニシタイノカチョーセン人ハゴミニシタイノカ」　何の骨かわからないのに金さんは「チョーセン人ノ骨」といっているのです　父ちゃんは金さんのまえで頭を深くたれています　頭をたれるというのはああいう姿だなとおいは思います　きっと便所の中に父ちゃんの頭を深くたれさせる何かがあったのだ　金さんが黒いビニール袋の中のものをひとつひとつていねいにひろげはじめます　全部骨です　諸藤さんなら馬の骨だといって足でける骨です　父ちゃんならじっとみつめているだけの骨です　それが父ちゃんの目の前にひろげられていきます　バラバラにひろげられているけれどいつの間にかその骨はくっついていきます　いつくっついたのかおいには見えません　でも金さんと父ちゃんには見えているようです　そしてくっついた骨と金さん父ちゃんの姿をみて

おいは「これは馬の骨ではない」と思います　馬の骨にしては小さすぎる　ひとの骨だと思います　そのときまた朴さんが一本の木の棒をもって解体現場から出てきます　「コレニ哀号トイウコトバガマキツイトル」といいます　「ホラココントコニ」　木の棒がおれている所に「哀号！」ということばがまきついとるというのです　「チョーセン人ガタタカレタノダナ」と金さんがこたえます　解体現場の方から諸藤さんの声で「それは馬をなぐった棒だよヒヒーンという声がまきついとる」ということばがかえってきます　父ちゃんは頭をかかえています　昔の軍隊の馬小屋のあとの便所を解体してきれいにしようと思っただけだったのに「妙なことになった」と父ちゃんは思っているのかもしれません　血のにおいがだんだん強くなっていくような気がします　くさくなっていくような気がします　おいには血のにおいがみえるような気がしてきています　その血のにおいのなかで父ちゃんたちは便所を解体しているんだとおいは思いはじめます　ただ昔の軍隊の便所を解体しているのではなく血のいろと目に見える血のにおいのなかで解体しているのだとおいは思いはじめます　また父ちゃんたちはその血の中にはいっていきます　おいはこの血のいろとは何だろうこの血のにおいとは何だろうと思いはじめます　父ちゃんたちはいつもみる父ちゃんたちではなく苦しそうな顔をしているのです　でも諸藤さんはそんな血のいろにもにおいにも平気のようです　いろにもそまらないしにおいにもそまらないのですただ便所を解体しうんこをためるために土中にうめてあったかめの中から馬の骨を可燃ゴ

ミにするため黒いビニール袋につめこんでいるのです　諸藤さんだけは明るい声です　諸藤さんの頭の中にはきっとビールの泡がおとたてているとおいは想像します　おいは血のいろとにおいの中で骨をみます　骨は動きません　でもそれにまきつくようにはっているうじ虫が這うたび骨もうごきます　うじ虫のいのちと骨がひとつになって動いているようにみえます　金さんと朴さんがいう「哀号」ということばがその骨とうじ虫のまわりをとりかこんでいます　でもおいにはその声はきこえません　きっと声となってでているのだけどおいにはきこえないのだと思います　でもおいには骨のまわりにころがっている「哀号」ということばはみえます　何か金さんと朴さんがそのことばを口から出したときついたと思われるヨダレがそのことばにねっとりついているようにみえます　朴さんがもってきた一本の木の棒は血のいろとにおいの中ではとてもこわいものにおいには見えます　それで体をたたかれたら一発で死んでしまうだろうなあとおいは考えます　そしてこんな棒で殺されるひとはどんなひとだろうなあと思います　そしてこんなひとを一発で殺してしまうような棒をふりおろすひとはどんなひとだろうと思います　おいは今までひとを殺すことなど考えたこともなかったのに今おいはひとが殺されたり殺したりすることを考えているのです　きっとこの血のいろとにおいのせいだと思います　おいには見えない便所の中にたくさんの血があって今その血が父ちゃんたちによってここにひろげられているのだとおいは思います　そんな血はどこにでもあるとその血はおしえているようです　そして

その血をみつけるのはボロ屋の父ちゃんや金さんや朴さんや諸藤さんのようなひとだとおしえてくれているようです　ずっと昔流された血が父ちゃんたちのようなひとがすてたものをひろって生活するしかしらないひとたちがほんとうにすてられたものをひろうことができるのだとおいは思いはじめます　すてるゴミのようにすてるでもすてたものはそこにあるのです　父ちゃんたちはボロ屋だからそれを知っているのです　そして今父ちゃんたちは誰れかがすてたものを便所の中からひき出して来ているのだとおいは思います　今度はぷーんとうんこのくさったにおいがしてきました　水洗便所ではない便所のにおいですそしてそのにおいの中から金さんがとびだしてきました　金さんは頭からうんこをかぶっています　そして両手には骨のようなものをにぎっています　そのうしろから朴さんが走り出てきて「金サンソコマデセンデモ」といいます　「クソノ中ニトビコマンデモ」といいます　でも金さんは朴さんのそんなことばなどきこえないというように「アノカメノ中ニハマダ山ンゴト骨ガツマットル」といい両手ににぎっていた骨をさっき下においていた骨のところにうんこのついたままおくとまた便所の方に走りだしていきます　うんこが金さんの体からとびちります　「金サン！」と朴さんが金さんのあとをおいかけます　それと入れかわりに父ちゃんと諸藤さんが出てきます　諸藤さんは背中に黒いビニール袋をかついでいます　きっと馬の骨がいっぱいつまっているのだろうとおいは思います　ドサッと諸藤さんがゴミをおくようにその袋をさっき金さんがおいたうんこのついた骨の横にな

げすてます　そして諸藤さんはまた便所の方に走っていきます　諸藤さんはゴミをかたずけているつもりなのです　でもそこにおかれた骨は金さんがおいていった骨のにおいにそまりうんこのにおいがしはじめます　父ちゃんがその骨にそっと手をのばしています　そしてその手を鼻にもっていきます　父ちゃんの顔がゆがみます　うんこのにおいに父ちゃんの顔がゆがんだのだとおいは思います　そこへまた金さんがうんこを頭からかぶってもどってきます　そして「クソニマミレタ骨ガ山ノゴトアル」といいます　金さんは便所の中のうんこをためるかめの中にもぐったらしいのです　「カメノ中ニハイッタラウンコガドバットデテキタ」といいます　「ウンコノ中ニ死体ヲステタンダ」と金さんはつづけます　「死体ヲウジ虫ノエサニシタンダ」と金さんはいいます　そしてこうつけ加えます　「チョーセン人ノ死体ヲ」　その金さんのことばと同時に骨が動きはじめます　さっきまでうじ虫のいのちと一緒に動いていたものが骨自身で動きはじめたのです　うじ虫がその歯をならしはじめたようにおいにはみえます　黒いビニール袋の中の骨が黒いビニール袋をやぶってはい出してきます　そして袋のそとの骨につながっていきます　金さんはその骨のことを「チョーセン人ノ死体」といっています　朴さんがまたうんこのにおいのする方からはい出してきます　朴さんは金さんに向って「金サンソコマデセンデモ」といいますかめの中にもぐってまで骨をひろわなくてもといっているのです　金さんが朴さんをキッとにらみます　金さんの目は「チョーセン人ノ目ニナッテイル」とおいは思います　解体

している便所の中でそんな金さんの目がキラリと光っているのがおいにはみえるようです　そこへ諸藤さんが便所にかぶせられていた板をはがしてもってきます　やっぱりゴミをおくようにドサリとおきます　骨の上におきます　それをみて金さんが「骨ヲソンナニアツカウカ」といいます「チョーセン人ノ骨ヲソンナニアツカウカ」といいます　諸藤さんはひたいにいっぱい汗をかいています　仕事の汗です　金さんも汗をかいています　でも金さんの汗は何かちがうような気がします　金さんはその汗を体いっぱいかきながら諸藤さんがゴミのようにすてた材木を骨の上から骨の横の方にうごかしはじめます　するとその材木が壁のように四方をふさぎはじめます　金さんが解体現場の方に走っていきます　そして大きなかめをかついで壁のようになった材木の前にたちます　かめを四方をかこまれたその中にほうりこみます　おいはむこうにあった便所はこんなふうなかっこうをしていたんだなと思います　うんこをためるかめをまん中に四方を板壁でかこっただけの便所です　その便所が昔軍隊の馬小屋だったこの倉庫のすみにあってそれが今こうしておいの目の前でもう一度あらわれているんだなと思います　こんな板でかこまれただけの便所に何がとおいは思います　おいは何をみているんだろうおいは何をみようとしているんだろうと思います　この前学校から昔の軍隊のあとだという兵舎をみにいったときも先生は「ここで兵隊さんたちはお国のために一生けんめいがんばったんですよ」といっていた本を読むように先生はそういっていた　それから数百メートルしかはなれていないおいの

家 そのおいの家の倉庫の中で……先生が本を読むように教えてくれた兵舎の歴史とはぜんぜんちがうことがおこっている 父ちゃんはよく「人間がいちばんおそろしか何するかわからん人間をくうとは人間だけ」とよく笑いながらいうけれどおいは今目の前でおこっていることが父ちゃんがいうそのおそろしいことでほんとうの歴史とはそういうものなのかもしれないとおもいはじめています ほんとうのことはこの便所のようにみえないところにあるのかもしれないと思いはじめています そのほんとうのものを父ちゃんたちはずっとむこうのはしっこの方からこっちの方にもってきてほんとうの便所というものをくみたてはじめたのかもしれないと思いはじめています その粗末な便所のまわりの骨がつながりにんげんのように動きはじめます すると解体している便所の方から「哀号！」という声がきこえてきます 今まで目に見えていたけど耳にはきこえていなかった声です「哀号！許シテ下サイ！」「貴様は天皇陛下に歯むかうつもりか！」 おいはそのテンノーというどなり声をきいてピクリとします 父ちゃんたちが酒をのんだときよくいっているテンノーということばと同じだけどなんだかとてもちがうようにも思えるのです とてもこわいように思えるのです そのひとはそのこわさをテンノーということばにぬりたくってどなっているようにきこえます 「助ケテ下サイ」とさけんでいた声が見えない便所の方からころがり出てきます 頭から血を流しています おそらくさっきのことばの中のテンノーヘイカがなぐったのだろうとおいは思います 頭がパックリわれています そのう

しろから追いかけるように軍服をきた男のひとがおいかけてきます　右手にかたそうな一本の棒をもっています　それをふりあげています　そしてそれをふりおろします　「貴様は天皇陛下に歯むかうつもりか！」　その天皇陛下が一本の棒を頭のわれた男の上にふりおろされます　血がとびちります　血のあとから脳ミソのようなものがふき出してきます　その脳ミソのようなものを足でふみつけながら軍服の男のひとがいいます　「天皇からいただいた軍馬のかわりはないがチョーセン人のかわりはいくらでもいるんだ！」「チョーセン人天皇陛下からいただいたかけがえのない軍馬をおまいはなぐったな！」　おいにはむこうでどんなことがあったかわからないけれど馬のかわりにこのひとは頭をなぐられ殺されかけているのだと思います　頭からふき出してくる血と脳ミソのようなものをふみつけるぐらいだからこの頭をわられたひとは大へんなことをしたのかもしれないとおいは思います　でも馬はどんな馬でも馬で……でもおいのまえで軍服のひとがいっている馬は天皇陛下がくださった馬のようなのです　でもおいは馬は馬だと思います　なぜ馬と天皇陛下がくっつくのかわかりません　でも目の前の情景はそれがくっついているのです　馬にくっついているテンノーがその男のひとを一本の棒でなぐっていいといいます　この馬にはかわるものがないがチョーセン人にはかわるものがいくらでもいるといいます　頭からふき出してくる血と脳ミソをふんづけていいといいます　そのひとがおいの目の前にぐったりなってたおれています　いつの間にか目の前の便所の戸があきます　大きな穴の上に

二枚の板がひいてあります　大きな穴はさっき金さんがかついできたかめだと思いますでもそのかめは何倍も大きくなっているように見えます　その穴の方に軍服をきた男のひとがぐったりとなった男のひとを引っぱっていきます　そしてぐったりした男のひとをその穴のそばにおくとぷーんとうんこのにおいがしてきます　うんこのにおいにまじって肉のくさったにおいもしてきます　それをおおうように血のにおいもしてきます　その血のにおいをおうようにぐちゃぐちゃという音がしてきます　かめの中からです　おいはあの音は犬や猫の死体をくっているうじ虫の音だと思いはじめます　かめの中にはそのうじ虫がたくさんいるのだと思いはじめます　そのおいの思いをぐったりした男のひとの脳ミソにまきつけるようにしてその男のひとを軍服のひとが穴の中にけり込みます　おいはさっき軍服のひとがいっていた「天皇陛下」ということばを口にしてみます　すると今おいのさっき前でおこっていることがあたりまえのようにみえてきます　何があたりまえかよくわからないけれどあたりまえのことと思っていいように思われるのです　そしてぐったりしたひともあたりまえのように穴の中にけり込まれあたりまえのようにうじ虫にくわれていくのだとおいは思いはじめます　おいはやっと気ずきます　あたりまえすぎて倉庫にあった便所が見えなかったのだあたりまえということはそういうことだなとおいは思いはじめますむこうの方の見えない便所を解体しながらおいの目の前にあらわれる父ちゃんたちの姿はあたりまえの姿なのだと今は思っていいのだと考えはじめています……むこうの見えない

便所の方から四人がひたいの汗をふきながらこっちにやって来ます「ああやっと終った」といっています　何が終ったのか？とおいは思うけれど四人はもう便所の解体は終ったといっているのです　そして終ったことを証明するように父ちゃんが奥の方に向って「ビールもってけえ！」とさけびます　母ちゃんがビールをはこんできます　冷えたビールです　四人の顔がほころびます　そしてそれを今日あったことをのみほすようにいっきにのみます　そしてまた四人の口からテンノーということばがもれはじめます　でもそのテンノーはさっきのように血のにおいも脳ミソのにおいもしません　金さんたちがはこんできた目の前の便所をまただんだん見えなくしていくようです　今までだったらテンノーということばがもれてくると血のにおいがしてくるような気がしていたのに今日はしてこないのです　逆に消えていくようなのです　父ちゃんたちに何がおこっているのだろう？　かめの中にけり込まれたひとはうじ虫によってくいつくされようとしています　また見えない便所がひとつふえるのだなぜかそう思います　見えない便所見えない便所見えない便所よりもっともっと見えない便所になって見えない便所がそんなふうにふえていくのだなとおいは思いはじめています

汲取り口

あのぅ、すみまっせん、あのぅ、すみまっせん、と、はじめは蚊のなくように、それから、便秘のとき、はじめはじわっと力を入れて、つまっているものが出てこないとわかると、その力みをちょっとづつ大きくしていき、そのとき思わず出てくる力みのうめきがじわじわと大きくなっていくように、けっして、あんたたちはこれから先は、はいってはいけんよ、というようにかたく閉じられた勝手口の前で、仏さんをおがむような手つきをして、あのぅ、すみまっせん、あのぅ、すみまっせん、と、その背中にボロぎれのようにくくりつけられた子（わたし）に、泣いたらいかんよ、泣いたら、この家のひとが腹かきなさるけん、というようにゆすりながら、母がうめくようにいっている。ああ、早う、だれか、出てきてくれさっしゃらんやろか、両の耳をその勝手口の奥に、あつい板にねじこむキリのようにとぎすませながら、さっきより、またちょっと声を大きくし、あのう、すみまっせん、あのう、すみまっせん、と母は、こまった、こまった、というように口を横にまげ、うしろの方で、早う、せんか、というように目で合図をしている父の方を見、母は、その父の目に押されるように、しかたなくもう一度、あのう、すみまっせん、あのう、すみまっせん、と、けっして、あんたたちは、これから先は、はいってはいけんよ、というようにかたく閉じられた勝手口に向って今度は、あわせた両手を、すり切れるようにこすりながら、さっきよりも、ちょっと声を大きくして、うめき声のように声をかけつづける。出てこらっさんなあ、首をかしげながら父が母の方に近ずき、もう一度、声をかけてみろ、というように、けっして、あんたたちは、ここから先は、はいってはいけんよ、というように、かたく閉じられた勝手口の方に、刃のこぼれた短刀のようなものをつきつけるように指さす。そのとき、母の背中にボロぎれのようにゆわえつけられているボロぎれそのもののような、どっちが表か裏かわからないようによごれている子（わたし）が、ううーっ、ううーっと、母の、うめくような、あのう、すみまっせん、あのう、すみまっせん、というその声を、いっそう重たくするというふうに、赤子にしては声の低い、地をはうような声で、ぐずりはじめる。なかに聞えよらんとやろ、もう、ちょっと、太か声でおらばんか、父は、地の底から、くつくつとふき出してくるあぶくのような低い声で、ぐずっている子（わたし）を、何か汚ないものでもみるような目でにらみ、その汚ないものを背負っている母の背中に向って、谷底へどーんと突き落すようにいう。すみまっせん！これ以上、力めんというぐらい力んで、やっと、その尻の穴から、かたいかたまりがぽろっと出たときのように、のどの奥から、その糞そっくりの形で、あのう、すみまっせん、あのう、すみまっせん、と、ここから先はけっしてはいってはいけんよ、というようにかたく閉じられた勝手口に声をかけた時、その勝手口の中から、さっさと汲んで帰ってくれんね、ああ、あんたたちのごたるもんとは口もききとうなか、あんたたちと口をきいたら、この口がくさるばかりか、この体もくさってしまう、というような言葉をぶらさげたようなにおいをさせて、オンナの、ちょっとおこったような、バカにしたような、つんつんした声がかえってくる。しかし、母は、その声が、汲取り口の中をかきまわしたようなにおいにその鼻をつまみ、まゆをしかめているような顔になっていても、それを、あたりまえのように体の中によび入れ、ありがとうございます、ありがとうございます、と、仏さんに深く頭をさげるように頭をさげる。それをみていた父が、母の背中にボロぎれのように背負われている子（わたし）をさしつらぬくように、チッと、舌うちをあびせる。でも母は、そんなことはどうでもいいというように父の方にふりむき、たった今までしつこい便秘になやまされていたが、たった今、そのたまっていたものが出てきた、ああ、気持ちよか、というふうに母は、パッとその体に日がさしてきたような明るい顔になり、汲んでよかげなよ、と、汚ないものをみたときのようにまゆをしかめたまま、チッという舌うちの音をその口もとにくっつけたまま、そこにつったっている父に、声をかける。さあ、さっさと汲まんと、また、おごらるる、そして、肥たごをとりに裏門のむこうにおいているリヤカーの方に走っていく父をみながら母は、臭かばってん、ちょっとしんぼうせんといかんよ、これからあんたは、死ぬまで、このにおいと、つきあわんといかんとやからねえ、という言葉をその言葉にまきつけるように、ボロぎれのように背中にくくりつけられている子（わたし）に向って、あやすようにそういい、ここから先はけっして、はいってはいけんよ、というようにかたく閉じられた勝手口の二間ぐらいむこうにある汲取り口のふたを、この中には、自分たちのいのちのもとがつまっとるとよ、というように力をこめ、こじあける。子（わたし）は、その母の動きが何か子（わたし）をあやしているように思えたのか、キャッ、キャッとはじめて、背中にくくりつけられているボロぎれのかたまりではなく、汚れて、表も裏もわからんごつなっとるけど、おいはニンゲンぞ、というように、赤子らしい声をあげる。うあーっ、におにの強かあ、母は汲取り口のふたを横におきながら、口の中でもぞもぞいい、それから、今月は、肉ばよけいくうとんなさるとやろ、肉くうと、においの強うなる、と笑い、ばってん、この臭かとが、よう野菜もんには効くけんねえ、ねえ、おまいもそんこつは、ようっとおぼえとかんといかんよ、と、ここから先は、けっしてはいってはいけんよ、というふうにかたく閉じられた勝手口の奥にきこえないようにそういい、子（わたし）を、ふたをはずした汲み取り口の中に頭を突っ込むようにして、のぞかせる。バカんごたるこつばするな、肥たごをとりにいっていた父が帰ってきて、そげんこつするけん、ここのもんにニンゲンあつかいにされん、糞よりも軽るうみらるる、というように汲取り口の中のにおいが、母と子（わたし）をつつんでいるその上から、ねっとりとした体臭のようなねばりのある声で、つつみ込む。それでも母は、便秘で腹の中につまっていたものが、やっと出たときのようにすっきりとした顔をして、父のいうことをききながし、父がもってきた肥びしゃくをとり、さあ、汲むよ、ここから先はぜったいはいってはいけんよ、というようにかたくとじられた勝手口のむこうの耳をそばだてているオンナにいっているのか、背中にボロのようにしばられているボロぎれそのもののような子（わたし）がキャッキャッとよろこんでいるのにいっているのか、どっちともつかないいい方で、母がいっている。そのとき、勝手口の奥の方から、さっさとかたずけてね、とオンナのつんつんした声がし、母はその声に、はい、はい、とこたえ、汲取り口の中のものを勝手口の中の声だけの女の腹の中を肥びしゃくでかきまぜるように、ごぼっごぼっと、かきまぜる。くさかねえ、母は今度は、汲取り口の糞尿にではなく、ここから先はけっしてはいってはいけんよ、というようにかたく閉じられた勝手口の方をむいて、糞がくさかちいいよるとやないとよ、あんたたちの腹ん中のもんが糞よりくさかちいいよるとよ、というように、ちょっと笑いながらいう。そげんかこつしとらんで、はよう肥たごに入れんか、父の声に母はいっそう汲み取り口の中をかきまぜ、そして、ゆっくり、その中のくさいものをオンナの中からその腹わたをひき出すように、肥びしゃくをひきあげ、肥びしゃくの中でおどっている糞尿にオンナの腹の中のくさって鼻がまがるほどくさいそのものを糞尿にかきまぜて肥たごの中に流し込む。その肥たごの中に流しこまれるごぼっ、ごぼっという音に母がしてくれるよしよしのように体が右に左にゆすれるように感じるのか、子（わたし）は、ボロぎれのようなその体をそのごぼっ、ごぼっというその音にあわせゆすりキャッ、キャッと声をあげる。どんどん入れろ、父の言葉に母はその手を、汲取り口と肥たごの間をいそがしくいきさせる。あっ、こぼれた！小さく、口の先でころばすようにいったつもりなのに、ここから先はけっして、はいってはいけんよ、というようにかたく閉じられた勝手口のむこうから、ちゃんと、ふいとってよ！この前は、こぼしたまま帰っとったでしょうが。ちゃんとしてもらわんと、よそとかえるよ、おそらく勝手口の戸に耳をはりつけているだろうオンナの声が、母の首を真綿でしめるようにきこえてくる。はい、わかっとります。母は、ここの汲取り口の中のものをもらえんごつなったら野菜がそだたん、野菜がそだたんと、首つらんといかんごつなる、まだ、首はつりとうなか、その言葉を体深くのみ込み、もう一度、ここから先はけっして、はいってはいけんよ、というようにかたく閉じられている勝手口の向うにむかって母はいい、父がもってきた肥たごが糞尿でいっぱいになり、それをはこぶとき、そのゆれで、肥たごの中から糞尿がこぼれ出さないように肥たごの上に肥たごにあわせてのせるわらを少し手にとって、こぼれた糞尿を肥びしゃくをにぎっていない方の手でふき、それを、もう、いっぱいになりかけている肥たごの上にのせる。そんな母を、そこにこぼれている、どす黒くなった糞尿をみるような目で、じっと、みていた父は、また、チッと舌うちをして、かわれ、おりが汲む、母の手から肥びしゃくをもぎとり、ここから先はけっしてはいってはいけんよ、というようにかたく閉じられている勝手口の向うのオンナの腹にさびた包丁を突き刺すように肥びしゃくを汲取り口の中に突っ込む。そして、そのオンナの腹に包丁を刺したらこうしてやる、というふうに汲取り口に突っ込んだ肥びしゃくをかきまぜ、汲取り口の横においている肥たごの中に、たたきつけるように糞尿をぶち込む。父ちゃん、こぼれるよ、母の声などきこえないというように父は顔をまっ赤にして、汲取り口から糞尿をあふれる程すくった肥びしゃくを、肥たごの中に、ぶち込む。もうちょっと、ていねいにあつこうてよ、ここから先はけっしてはいってはいけんよ、というようにかたく閉じられた勝手口のむこうから声がしてきても、父は、母のように、そっちに目をやったりせず、憎んどるもんの腹めがけて包丁を突き刺すように、汲取り口に、糞尿がぼたぼた落ちる肥びしゃくを突き刺す。しかし、その父のかわりに、糞尿でいっぱいになった肥たごの横で、それを運ぶとき、糞尿がこぼれないようにするための、わらのふたを作りながら、母が、父のかわりに、はい、はい、すみまっせん、そげん、しますけん、とききようによっては、こげなニンゲンには何いうても同じ、こげなニンゲンには、はい、はい、いうとるのが一番、というようないい方でそういい、顔をまっ赤にして、鬼のように汲取り口に肥びしゃくを突っ込んでいる父に向って、もう、いっぱいになっとるよ、といい、今、作ったばかりの、わらのふたを肥たごにかぶせる。父は母の言葉に、はっと気付いたようにその手をやすめ、だまって肥たごの横においていた負い子を手にとり、肥たごについているヒモに通すと負い子を肩におき、ウッと腰に力を入れ、業というものを負い子でかつきあげるならこんなふうになるやろう、というようにその両足を地に突き刺し、立ちあがる。そして、それを、業を運ぶときはこうして運こぶものだ、というように地に突きさしていた両足を引きぬくと、その足に、地の中にうまっているわけのわからない腹わたのようなものがまきついてきて、それでも、たおれたら、肥たごの中のもんがこぼれてしまう、こぼれんようにするためには、地の中から引き出した足を、こうして運ばんといかん、こうして運ぶと地の中からまきついてきた、わけのわからんもんでも、この足をとめることはでけん、というように父は、その肥たごを、裏口の外にとめてあるリヤカーの上まで運んでいく。その間、母は、父が鬼のようになって汲取り口に肥びしゃくを突っ込み、鬼のようにその糞尿を肥たごにたたき込んでいたあたりの、そこらあたりにこぼれている父の、憎しみのような、にとにとした糞尿を、また、わらをたばねてふきはじめる。何ばしよるか！からの肥たごを二つさげてもどってきた父が、さっきよりもっとするどい目で、やめんか！といい、にとにとの糞尿をわらでふいている母のその手を、さっき、地の中から引きぬいて、地の中のわけのわからないものがまきついているその足で、そげな汚なか手は早う、地の中にうめろ、というように、ぎゅっ、とふみつける。しかし、母は、痛い顔もせず笑い、糞尿をふいていた手を、父の足の下からひき出す。そして、ここから先はけっしてはいってはいけんよ、というようにかたく閉じられた勝手口の前で、仏さんをおがむようにして、あのう、すみまっせん、あのう、すみまっせん、というよりずっとまし、というように笑っている。父は、そんな母をみて、また、チッと舌うちをする。父ちゃん、汲むとばかわろうか？父は母の言葉にムッとしたらしく、糞尿のついた肥びしゃくで、よか！というように母を押しやる。そのとき、ボロぎれをまるめて負われている、というふうに母の背中にしばられている子（わたし）は母の痛みを代弁するようにウァーッ、ウァーッと泣き出す。どげんかしてよ、けっして、あんたたちはここから先は、はいってきたらでけんよ、というようにかたく閉じられた勝手口のむこうから、せっちん虫とかわらんごたる赤子でもニンゲンの声をして泣くことのあるとやねえ、ということばを勝手口の内側に、けんめいにおしとどめている、というふうに、オンナの声がきこえてくる。父は、どげんかしてよ！というオンナの言葉ではなく、せっちん虫のごたる赤子でも、ニンゲンの声をして泣くことのあるとやねえ、と、ここから先はけっして、はいってもろうたらこまる、というようにかたく閉じられた勝手口の内側に、けんめいにおしとどめているオンナのその気持ちの声をきき、母に、外に出とれ、というようにあごをしゃくり、母の背中に、ボロぎれをまるめたようにして背負われている子（わたし）の背中を右手にもっている糞尿がしたたっている肥びしゃくでこずき、母と子（わたし）を押しやる。母は、よしよしと、子（わたし）の背中を、こぼれた糞尿をふいたその手でとんとんとたたき、母と子（わたし）は、せっちん虫のごたる赤子でも、ニンゲンのごたる声ば出して、泣くこつのあるとやねえ、というオンナの言葉と、その声の中にひそむオンナの気持ちの声をきいた父の肥びしゃくにたたき出されるように外に出る。しかし、母と子（わたし）は、せっちん虫のごたる赤子でもニンゲンのごたる声を出して泣くこつのあるとやねえ、と勝手口の内側にけんめいにとどめようとするその言葉の気持ちを、どげんかしてよ、という言葉の先に吊すようにきこえてきたオンナの言葉と、そのオンナの声の気持ちをきいた父の肥びしゃくにたたき出されるように外に出てきた母と子（わたし）のあとを追うように父の、ああ、せからしか！帰るぞ！という声がしてくる。その声にひきもどされるように、裏口の戸をあけ、母が、父のその言葉の内側に頭を突っ込むと、父は、自分の言葉の中で顔をまっ赤にして、けっして、ここから先は、はいってはいけんよ、というようにかたく閉じられている勝手口のむこうのオンナの腹に、さびた包丁をぶすぶすと刺し、その包丁で、かきまわしたあと、それをひき出すというように、父は、汲み取り口に肥びしゃくをウォーッとさけんで突き刺し、その中を、ありったけの力でかきまわし、さらにそれを、汲取り口からひきあげ、また、ウォーッと、鬼のようなうなり声をあげてそこらあたりにふりまき……父ちゃん！しかし父は、そんな母の言葉などきこえん、いや、いらんこついいよったらおまいにもこの肥びしゃくの中のもんばぶちまけるぞ！というように仁王立ちになり、肥びしゃくをふりあげる。その、肥びしゃくに残っていた、オンナの腹の中の、せっちん虫のごたる赤子でもニンゲンのごたる声を出して泣くこつのあるとやねえ、というどす黒い糞尿が、ふりあげた手をつたい、父の体をつつみはじめる。どげん、きばったところで、おまいの体は、ここの糞尿でできとるとやろが、ほら、糞の体にかかりよる、ほら、ほら、おまいの体が、ほんもんの糞尿になりよる、ほら、ほら、……ほら、……ほら、……すると父は、今までのいきおいはどこにいったのだろう、と思うほど、急になよなよとなりさっきぶちまけた、糞尿のうえに、糞尿のようにすわり込む。その姿をみて、母は、これから先は、けっして、はいってはいけんよ、これから先は、あんたたちのごたるもんが来るとこやなか、というように、かたく閉じられている勝手口のむこうに向って、すみまっせん！すみまっせん！といい、父がふりまいた糞尿の上にひれふし、頭の先で、仏さんをおがむときのように手をすりあわせ、すみまっせん、すみまっせん、こんどだけはかんべんして下さい。今から、このベロでなめてでも、きれいにしていきますけん、この糞尿がのうなったら、うちたちは首ばくくらねばなりまっせん、それよりか、糞尿のぶちまかれた地だまにはいつくばってでん、というように母は、すみまっせん！すみまっせん！と皮がすりきれるように、手をすりあわせながらあやまりつづける。子（わたし）は、せっちん虫のごたる赤子でも、ニンゲンの声ばして泣くこつのあるとやねえ、という、ここから先は、けっして、はいったらいけんよ、というようにかたく閉じられているその勝手口から、けっして、もれてはいかんというようにおしとどめられているそのオンナの気持ちの声を引き出すように、ウァーッ！と泣き出す。すみまっせん！すみまっせん！ウァーッ！すみまっせん！すみまっせん！ウァーッ！

ものがたり

おてんとうさんが
ひがしのそらから　あがったばかりとに
いえのそとは　おまつりなんかのごつ　ひとのこえがしとります
ばってん　きょうは　おまつりではありません　ふつうのひです
おきたばかりの　とうちゃんが　へこいっかんで　きざみたばこを　てのひらで　くるっ
くるっとかえしながら　きせるにつめて　ぷかぷか　のんどります
かあちゃんは　くどに　むぎわらばくべて　ままを　たいとります
やかましかねえ　とうちゃんが　たばこんけぶりを　ぷあーっとはきながら　そげん　い
います

たばこんけぶりが　どてのむこうにある　やきばのえんとつからでとる　けぶりのごたる
いろをしとります
じっとり　しめっとるのか　とうちゃんのまわりから　まとわりつくようにして　はなれ
ません
ちょっと　そとばみてくる　と　とうちゃんがそういいながらたちあがると　やっと　そ
のやきばのえんとつからでとる　けぶりのごたいろをしたそのけぶりが　とうちゃんのか
らだから　はなれておいのほうにきます
その　においも　やきばのえんとつからでとる　けぶりのにおいが　します
きっと　とうちゃんの　はらのなかは　やきばとおなじようになっとるだろうなあ　やけ
ん　そげなにおいがするとやろうなあ　と　おいは　おもいます
とうちゃんは　ちっ　と　したうちを　します
きにくわんこつがあると　とうちゃんは　いつも　したうちを　します
いましたかとおもうと　また　しとるこつもあるから　いちにちに　かぞえきらんごと
したうちばしとると　おもいます
とうちゃんが　おもての　とをあけます
いつもは　そうして　とうちゃんが　とをあけると　うちのまえをながれとるかわのふち
にたっとる　えのきの　においが　すーっと　はいってくるとに　きょうは　えのきのに

おいはせんで　ぷーんと　くその　においが　してきます
あさはようから　どこかのはたけで　くそをまかしたとやろか　と　その　においを　はなを　ひくひくさせながら　かぎます
ばってん　いま　におうてくるにおいは　いつも　はたけでまかれとる　くその　においと　ちがうごたるきがします
くそが　くさっとらん　のです
くそが　くさっとると　こげな　きつい　においはしません
くさっとらんけど　くさっとるくそより　くさっとる　そんなふうなにおいが　します
これは　はたけにまかれとる　くそじゃなかと　おいは　じぶんのなかで　つぶやきます
そんならなんやろか
そんなことをかんがえとると　とうちゃんが　かおをしかめながら　いえのなかに　はいってきました
そして
くどのまえの　かあちゃんのとこにいくと　かあちゃんの　しりを　あしで　けりあげました
そして
あごで　そとのほうに　でるようにいいました

とうちゃんは　いえのそとがやかましいので　みてくると　でていったとに　そんこつは
ひとことも　いわんで　かおをしかめ　かあちゃんに　そとに　でるごつ　あごをしゃ
くって　いうてます
あげん　にぎやかだった　そとのこえはもう　どこからも　して　きません
こえはきこえんけど　どこかに　いっぺ　ひとがいるような　そんな　きがします
とうちゃんとかあちゃんは　そとに　でていきます
とうちゃんは　したうちをして　でていきます
かあちゃんは　だまって　したをむいて　でていきます
さっきは　おもてのとを　しめんかったのに　こんどは　ぴしゃっと　しめて　でていき
ます
くさっとらんけど　くさっとるくそより　もっとくさっとるような　くその　においが
いえのなかを　べとべとと　はりつくように　ひろがって　いきます
おいのよこで　ねとった　いもうとが　かあちゃんに　しりをたたかれたときのように
なきだします
おいは　この　くそのにおいが　いもうとのしりを　かあちゃんのように　たたいとるの
やろう　と　おもいます
おいは　くそのにおいで　いえのなかが　くらくなったように　かんじはじめます

おてんとうさんが　ひがしのそらから　あがったばかりとに　だんだん　くらく　なって
いくようです
おてんとうさんのひかりは　いつもんごつ　さしています
でも　いえのなかは　くらく　なって　いくような　きが　するのです
あの　くそのにおいが　と　おいはおもいます
とうちゃんとかあちゃんが　おもてのとを　あけて　いえのなかに　はいってきます
とおちゃんは　たてつづけに　したうちを　しています
かあちゃんは　だまって　したを　むいています
とおちゃんとかあちゃんが　いえのなかにはいってくると　くさっとらんけど　くさっと
るくそより
もっと　くさっとるような　くそのにおいが　きつくなります
とおちゃんとかあちゃんは　くさっとらんけど　くさっとる　くそより　もっと　くさっ
とるような　くそのにおいを　からだに　まきつけて　いえのなかにはいってきた　と
おいはおもいます
そんなかあちゃんが　うえにあがってきて　ないている　いもうとを　だきあげます
でも　いもうとは　なきやみません
かあちゃんが　ちちを　のませようとします

でも　いもうとは　きたないものを　おしのけるように　かあちゃんの　ちちを　おしやります
とうちゃんが　ちっと　したうちをします
そして
うえにあがってきて　おてんとうさんのひかりがさしこんでいるまどを　ぴしゃりと　しめます
いえのなかが　いっぺんに　くらくなります
くさっとらんけど　くさっとるくそより　もっと　くさっとるくそのような　においで
いえのなかが　くらくなったと　おもうていたのに　とうちゃんが　まどをしめたので
もう　よさりのごつ　くらく　なりました
とうちゃんが　しめたまどの　やぶれから
その　くらやみを　ほうちょうで　よこに　まっすぐ　きるように
おてんとうさんの　ひかりが　さしこんで　きます
もう　おいには　まどのやぶれから　その　くらやみを　よこに　まっすぐ　きったように　さしこんでくる　おてんとうさんの　ひかりのほか　なにも　みえません
でも　とうちゃんと　かあちゃんが　くらやみのなかで　なにか　ごそごそ　やっているのは　わかります

あんなに　ないていた　いもうとの　こえが　ぴたっと　やみます
そして
それと　いれかわるように　どさっと　ものの　おちるおとが　します
なんか　にくの　かたまりのようなもんが　いたのうえに　おちた　かんじです
その　おとの　むこうで　また　とうちゃんの　ちっという　したうちの　おとが　します
かあちゃんは　だまっているので　なにをしているか　わかりません
でも　さっきの　どさっと　にくのかたまりのようなものが　おちるおとは　かあちゃんの　そばだったような　きが　します
あの　にくのようなものが　おちるおとを　きょうのような　まっくらな　なかで　なんどもきいたけど　そのときも　その　おとは　かあちゃんの　あしもと　だったようにおもいます
だから　さっきのおとも　にくのかたまりがおちるようなおとやから　そうだ　と　おもいます
あっ
また　とおちゃんとかあちゃんが　そとに　でていくようです
でも　こんどは　おもてのとは　ひらきませんでした

どこから　でていったか　おいには　わからんけど　とうちゃんとかあちゃんは　そとに
でていきました
もしかしたら　どまの　つちを　ほって　そとに　でたのかも　しれません
おいは　まっくらななかで　いもうとを　さがします
でも　いもうとは　どこにも　いません
てにさわるものは　さっきの　かあちゃんの　あしもとに　どさっと　おちた　にくのか
たまりのようなものばかりです
おいは　いもうとを　さがすのを　やめます
そして
まどのやぶれから　くらやみを　よこに　ほうちょうで　きったようにさしこんでいる
おてんとうさんのひかりをたよりに　その　まどの　やぶれに　にじりよって　いきます
そして
そこから　そとを　のぞきます
そとは　いつもと　かわりありません
おてんとうさんのひかりも　さしています
かわも　ちゃんと　ながれています
そのはたに　えのきがたっていて……

……そこで
おいは　はっと　します
その　えのきのえだに　なにかが　ぶらさがって　います
そのしたで　とうちゃんとかあちゃんが　いそがしそうに　うごいています　そして
ふとんをしくように　むしろを　ひろげて　います
えのきのみを　おとそうとしとるのかな　と　おいは　おもいます
また　とうちゃんが　ちっと　したうちを　しました
そのときです
えのきにぶらさがっているものから　ぱっと　くろいまめつぶのようなものが　まわりに
とびちりました
ぶらさがっているものに　くっついていたものが　はげおちる　というような　とびちり
かたではなく　ぶらさがっているもののなかから　くろい　まめつぶのようなものが　ふ
きだして　くる　というように　とびちります　でも
とうちゃんとかあちゃんは　きにもせず　むしろを　ぶらさがっているもののしたに　ふ
とんをしくように　しいて　います
ぶらさがっているものから　はじけるように　とびちった　くろい　まめつぶのようなも
のが　えのきの　しげみのなかに　きえて　いきます

おいは　また　ぶらさがっているものに　めを　うつします
それから　あれっ？　と　おもいます
ぼろぎれが　ぶらさがっているようにみえるけど　ひとのようにも　みえるのです
えのきのしげみにかくれていた　くろい　まめつぶのようなものが　また　その　ぶらさがっているぼろぎれのようなものに　あつまって　きます
すると　それは　まっくろなぼろぎれを　ながく　かためたようなものに　なります
そのとき
とうちゃんが　よこにあった　たけのぼうで　そのふとく　ながくなった　まっくろなぼろぎれを　たたきました
また
ぱっと
くろい　まめつぶのようなものが
その　ぼろぎれから　はじきだされるように　とびだして　いきます
それをみて　とうちゃんが　ちっと　したうちを　します
かあちゃんは　みもしないで　むしろを　ふとんのように　ひろげています
おいは　その　ようすを　みながら　はっと　します
あの　えのきにぶらさがっている　ぼろぎれの　すがたは　どこかで　みたことがある

と　おもいはじめます
どこだったか？
そうだ！と　おいは　おもいます
かあちゃんの　せなかから
かあちゃんの　かたと　くびの　あいだから　みた　あのときの
あのすがただと　きづきます
すーっと
まどのやぶれから　おてんとうさんのひかりが　さしこんでくるように　あのときのこと
が　おいの　あたまのなかに　さしこんで　きます
おいは　その　まどのやぶれから　おいの　あたまのなかの　ふうけいを　のぞきます
いっぽんの　かわいたみちが　みえています
みちのはたは　よしが　はえて　います
よしのはは　あおいはずとに　あかく　みえます
その　みちの　まんなかに　おいをせおったかあちゃんの　うしろすがたが　みえます
そのまえを　ぼろぎれのようなひとが　あるいて　います
かあちゃんが　たちどまります
そして　なにか　いいます

ぼろぎれのようなひとは　そのこえがきこえているのか　いないのか　ふりかえりもせずに　まえに　あるいて　いきます
どこから　とんできたのか　くさったものにはえが　たかるように　そのけしきのうえにくろい　まめつぶのようなものが　とまります
ぼろぎれのようなひとも　それをみている　かあちゃんも　それを　おおうとは　しません
ふうけいが　くさったものにたかるはえに　おおいつくされたように　くろいまめつぶのようなもので　ぬりつぶされます
その　ふうけいの　なかで
ねえちゃん！
という　おいの　こえだけが　しています
ねえちゃん？
おいは　えのきに　ぶらさがっている　ぼろぎれのような　ながい　かたまりに　いいます
おいの　あたまのなかの　ぼろぎれが　えのきのえだに　ぶらさがっとる？
ねえちゃん？
と　おいのあたまのなかで　あのときのこえが　ひびきます

ちっと　とうちゃんの　したうちが　おいの　あたまのなかの　こえをはねのけます
とうちゃんの　したうちは　えのきのえだにぶらさがっている　ぼろぎれのようなものに
ぺっと　つばを　はきかけているように　きこえます
かあちゃんは　あいかわらず　その　ぼろぎれのしたに　ふとんをしくように　むしろを
しいています
その　かあちゃんのせなかに　その　ぼろぎれから　どろり　と　したものが　ながれ
おちて　いきます
すると　はなが　まがるような　においが　して　きます
さっきの　くさっていないけど　くさっとる　くそより　もっと　くさっとるというよう
な　くその　においです　でも
かあちゃんは　そのにおいのもとの　どろりとしたものが　その　ぼろぎれのようなもの
から　せなかにおちてきているとに　よけようとも　せんで　ふとんをしくように　むし
ろを　しいて　います
とうちゃんは　ちっと　したうちをしながら　ぼろぎれのようなものから　ながれおちる
どろりとしたものを　よけるように　からだを　うごかしているけど　もう　どろりとし
たものに　まみれています
また　くさったものにたかるはえのように　くろい　まめつぶのようなものが　えのきに

ぶらさがっている　ながい　ぼろぎれのかたまりのようなものに　たかりはじめます
とうちゃんが　たけのぼうで　それをおいはらおうと　します
そのとき　たけのぼうが　えのきにぶらさがっているぼろぎれのかたまりのようなものに
あたります
くろい　まめつぶのようなものが　いっせいに　とびちります　そして
むこうをむいていた　ぼろぎれのかたまりのようなものが　たけのぼうが　あたった
ひょうしに　こっちを　むきます
あっ！と　おいは　こえを　あげます
それから
ねえちゃん！と　おおきなこえで　さけびます
あのときは　せなかしかみなかったけど　あのときのぼろぎれの　うしろすがたのかおは
こんな　かおだったのだと　おいは　おもいます
ぼろぎれのなかに　うまるように　どすぐろくなった　かおが　みえます
よごれた　ぼろぎれのいろに　ちかいけれど　なぜか　はっきり　かおだと　わかります
そのかおのしたのほうに　くさった　なすびのような　いろをした　あつい　くちびるが
めくれるように　ついて　います
そのはたから　これも　くさったなすびのようないろをした　べろが　たれさがって　い

ます
そして
それをかむように　きいろい　ざぼんのたねのような　はが　なんぼんか　みえます
べろのさきから　ちのようなものが　ながれています
よだれと　ちが　まじっとるのか　どろどろ　したります　それが
そのしたで　ふとんをしくように　むしろを　しいている　かあちゃんの　せなかに　おちて　います
しんだひとの　めは　とじていると　おもっていたとに　このかおの　めは　おにの　めのように　ちばしり　みひらいて　います
そのめが　おいに　みのがすもんは　なにもないぞ　と　いいます
あごのしたに　しゅろなわが　まきついて　います
それが　えのきのえだに　つながって　います
おいは　うえから　したに　みていきます
かおを　みないと　ぼろぎれのかたまりが　しゅろなわに　つるされているだけのように　みえます
おいは　めを　したのほうに　うごかして　いきます
ぼろぎれのさきに　にほんの　あしが　みえます

ひびだらけの　あしです

そのあしのさきから　どろりとしたものが　ながれ　おちて　います

ぼろぎれのなかに　つつまれているものから　それは　ながれ　だしているように　みえます

それが　かあちゃんの　せなかに　ながれ　おちて　います

ねえちゃん！と　おいは　また　おおきなこえで　いいます

ちっと　とうちゃんの　したうちが　します

くさった　なすびのような　べろを　たらし　おにのように　めを　みはった　ねえちゃんのさきから　どろりとした　くさっとらんけど　くさっとる　くそより　もっと　くさっとるような　においのする　くそのようなものが　いきおいよく　ながれ　だします

とうちゃんとかあちゃんの　すがたが　その　くさっとらんけど　くさっとるくそよりもっと　くさっとるような　においのする　くそのようなものでおおいつくされ　ます

くさったなすびのようないろをした　くちびるのはたから　くさった　なすびのようないろをしたべろが　あかんべえ　を　するように　たれさがって　います

めは　おにの　めのように　ちばしっています

べろは

なんども　いいますが

あかんべえ　を　しているように　みえます
また　えのきのえだに　ぼろぎれのようにぶらさがっているさきから　はみだしている
あしのゆびから　くさっとらんけど　くさっとる　くそより　もっと　くさっとるような
においのする　どろりとしたものが　すごい　いきおいで　ながれ　おちはじめ　ます
ふとんをしくように　むしろをしいている　とうちゃんとかあちゃんが　その　どろりと
したもので　すっかりうめつくされ　ます
すると　えのきの　しげみから　くさったものに　たかる　はえのように　くろい　まめ
つぶのようなものが　そのうえから　おおいつくし　はじめます
そのようすを　えのきにぶらさがっている　ぼろぎれのようなものが　おにのように　め
をぎょろつかせ　くさったなすびのようないろをしたべろを　くさったなすびのようない
ろをした　くちびるのはたから　あかんべえ　を　するようにして　だし　じっと　みて
います　そのとき
また　さっきの　おまつりの　ときのような　こえが　してきます
そのこえが　くろい　まめつぶのようなものを　さらに　おおいつくします
そのこえが　なんなのか　おいには　わかりません
きいたような　こえのような　きも　するし　とても　おそろしい　こえの　ような　き
も　します

すると
おおいつくしたそのこえを　するどい　かまで　よこに　さくように　さけめが　できます
そのなかから　さっきまで　ふとんをしくように　むしろをしいていた　かあちゃんが　とびだしてきます　そして
みぎてに　もっている　かまで　ぼろぎれのようにぶらさがっている　その　くびのところから
のびている　しゅろなわを　ぷつり　と　きります
どすん！
と　くさっとらんけど　くさっとる　くそよりも　もっと　くさっとるように　におうどろりとしたもののうえに　たかっている　くろいまめつぶのようなものでおおわれているものの
うえに
それが　おちます
それを　みとどけると　かあちゃんが　いえのなかに　はしりこんで　きます　そして
さっき　いえのなかの　くらやみのなかで　どさりと　かあちゃんのあしもとに　おちたにくのようなものを　わしづかみにし……

いや　それを　ひきずるような　おとがします
その　にくのようなものをひきずりながら　かあちゃんが　おもてに　でてきます
かあちゃんが　ひきずっているのは　にくのようになった　おいの　いもうとです
それを　えのきのしたに　ひきずっていき　きたないものをすてるように　えのきのした
を　ながれているかわに　すてます
どぼっ　と　いいます
かわなのに　あかい　しぶきがあがります
にくになった　いもうとは　その　あかいかわを　しずかに　ながれて　いきます
ちっと　くろいまめつぶのようなもののしたから　とうちゃんの　したうちのおとが　き
こえます
かあちゃんは　さっき　きりおとした　ぼろぎれのようなもののほうに　いきます
そして　あしでつつき　うごいていないことをたしかめると　かわのなかに　けりこみ
ます
にくのかたまりのようになった　いもうとの　ときと　おなじように
どぼっ
と　おとがします
あかい　しぶきが　とびちります　そして

それは　あかいかわを　あたりまえのように　ながれて　いきます
かあちゃんは　また　くろい　まめつぶのようなものの　したに　もぐっていきます
くろい　まめつぶのようなもののしたから　とうちゃんの　ちっと　いう　したうちのおとがしてきます
もう　おまつりのような　こえも　していません
なにもかも　しんだように　しずかです
いつのまにか　おてんとうさんが　いなくなって
くさったにくに　びっしりはえがとまるように　くろい　まめつぶのようなもので　ふう
けいが　おおいつくされ
まっくろに　なっています
おいのあたまのなかで　ねえちゃん　と　いうこえが　して　います

鬼の生まれた日

昭和二十年八月十五日のあの日から人の口が鉄扉のようにとじられたのと同じようにとじられたままけっして開かないぞというようにそのとじた口を錆らせ意志のようにかたくとじたその倉庫の裏の戸口の鉄扉をどこをどうやってひきあけたのかわからないが、かさぶたをするどい爪でひきはがした時のように血のにおいをさせ、いや、血のにおいだけならいいがその血のにおいのもととなるようなかさぶたをその後にずるずるとひきずりながらその老婆はすえた汗のにおいのするボロぎれと馬の糞のように変色した紙クズを業苦のように積みあげたこの倉庫にその鉄扉の戸口からはいってくるなりその姿におどろきあきれているこの家の主人である（わたし）の顔をその爪ののびた指で突きさすようにゆびさし「テンノーのごたるわけのわからんごたる顔をするな！」と自分が他人の倉庫の鉄扉の戸口をひきあけここにはいり込んできているのをあたりまえのようにそういい「テンノーはいつもこげなふうなとこにおる、こげなふうなとこで、わけのわからん顔しておる」とつけくわえ生まれてこのかた一度も髪に油をつけたことがないかのようにかき乱した頭を両手でなでながら突然「この倉庫は太平洋戦争の時の軍隊の馬小屋の跡やが、あんたはそのことを知っとるか」子供に説教するような口調でそういい出し「知らんが、兵舎の跡ときいとるけど」と答えるとそのことばが気にくわなかったのかその老婆はとたんにふり乱した白髪の下の赤黒い顔をいっそう紅潮させ「日本人はすぐ、そげなふうにことをごまかす、兵舎と馬小屋では月とスッポンのごとわけがちがう」と今度はおこり出し「ここは馬小屋で、えらか馬がすんどった馬の御殿ぞ」と、そのことばはさらにわけがわからなくなり「ここは、うちの倉庫やけど」とどんなにいってもいやそ

マタ、ヨウボロバタメトッタノウ、と朴さんがいう。ここは倉庫の一番奥であの戸口ばあけん限りじゃまにはならんけんのう、と私がいう。ソレニボロハヤスカシ、売ッテモアンマリ金ニナラン、と朴さんがいう。ボロの値段はもう、あがらんとかのう、と私がいう。マア、当分、アガランヤロノウ、ソレニシテモヨウ、タメトッタノウ、と朴さんがいう。あとの残りは、いつとりに来てくれるとの、と私がいう。二、三日、マットッテモラエルノ、と朴さんがいう。二、三日か？と私がいう。ソシタラ、全部モッテイケルヨ、ト朴さんがいう。お願い

ういえばいうほどその顔はけわしくなり「おお、そういえと、てんのうからいわれたか、そういうて、うちをここに入れるなといわれたとか」としわがれたその声はさらにたかまり「おまいがそのつもりならいうてやろうか、おまいはこの小屋を人に見せんためにここをボロ屋にして、ボロをほうり込み、それで、いやがってだれもこんようになる、そうすると、ここであったことをかくすこともできる、どうだ、おまいたちのこんたんは、そういうこつやろが」と自信にみちた声でいい、それからとってつけたように目がしらを押さえ「あつかましさにもほどがある」そこでいかりが頂点に達したというように白髪の頭をふりまわし「朝鮮人をバカにするな」バカということばに特に力をいれ「朝鮮人をそげんかふするけん、と私がいう。ソレニシテモ、ボロノ下ニ敷イテアル鉄板、アレハナンノ、と朴さんがいう。なにか知らんけど、ここを借りた時もう、敷いてあった、と私がいう。一トンハアルネ、と朴さんがいう。うん、一トン二、三百はあるとやなかかな、と私がいう。ナンノタメニ敷イトルノカノウ、と朴さんがいう。たたくと、空洞のあるごたる音がするのう、と私がいう。クウドウ?と朴さんがいう。穴か何か、あるとやなかろうか?と私がいう。ココハタシカ、軍隊ノ馬小屋ノ跡チキトッタガ?と朴さんがいう。馬小屋かどうか知らんが兵舎の跡ちはきいとるけど、と私がいう。兵舎ノ跡ジャア、コノ作リデハオカシカヤロ、と朴さんがいう。どういうこつの、と私がいう。兵舎ト馬小屋ジャ、ソノ作リガチガウ、コ

うにバカにしとると、しまいにはあんたがてんのうに殺されるこつになるぞ」とてんのうということばを口から鉄砲玉をはじき出すようにバーンといい「まあ、よかたい、あんたが、そのつもりでも、そこのボロをのけたらなんもかんもわかるこつ、そのボロをのけたら……」とそこで、わざとらしくことばをきり「そんとき、そこから何が出てくるか……」鼻の先でことばをこねまわすようにそういい「ボロとはよう考えたねえ、ボロの中にてんのうがおるとはだれも思わん、てんのうは天上におって、……いや、まいった、まいった、ここがこんなふうになっとるとは思わんかった、ボロであのことをかくす、ボロとてんのう……」そして、そのことばを鼻の先でこねまわしながら「ふん」と笑いポカンとしているこ

レハドウ見テモ馬小屋ノ作リ、と朴さんがいう。借りる時、国の方では、兵舎の跡ちいうとったけどなあ、と私がいう。イヤ、馬小屋チ知リアイノ人ガイウトラシタ、と朴さんがいう。どっちでもよかけどのう、と私がいう。ソノ人ガイウトラシタ、ココニ何十頭モノ軍馬ガオッテ、ソレヲ朝鮮人ガ……と朴さんがいう。えっ？と私がいう。イヤ、ソノ軍馬ヲ朝鮮人ガ世話シトッタ……と朴さんがいう。そういうこつもあったかもしれんな、と私がいう。イヤ、ソノ知リアイハソウイウトッタ、と朴さんがいう。朴さん、それがどうしたとね？と私がいう。今、アンタ、タシカ鉄板ノ下ニ穴ガアイトルチイウトッタナ、と朴さんがいう。穴かどうかわからんが、空洞のあるごたる音のするとは確かやのう、と私がいう。ソ

の家の主人である（わたし）をみつめ「わたしは朝鮮人のキン、アイカである」とタンカをきるようにいい今の今まで気づかなかったがその体は白い、いやうす汚れた灰色のチョゴリのようなものにつつまれていてその灰色のチョゴリからしみだしてくる汗のように「あやしかもんじゃなか、今日はそのボロの下のもんを見せてもらいにきた」といい「そのボロの下に何があるか、あんたは知っとるやろう」わたしがそのことばにうろたえていると思ったのか刺すような目で見つめ「ほう、その顔からすると知らんごたるね、よし、そんなら……」とまた白髪の頭をふりまわしはじめ両の目を充血させ口の両端から何か汁のようなものをたれながし灰色に汚れたチョゴリのようなものからつき出ている両の手は爪が鬼のノ穴ハ何ノ穴ヤロ、と朴さんがいう。さあ、と私がいう。気ニナランノ、と朴さんがいう。気になるもならんも……と私がいう。オレハ気ニナルナ……ソノ馬小屋デ人ガ何人モ死ンダチイウトラシタ、と朴さんがいう。馬にけられて……と私がいう。馬ニケラレタグライデ、カンタンニ人ガ死ヌヤロカ、ソリャア、ウチドコノ悪ウシテ死ヌモンモオルカモシレンバッテン、五人モ六人モ……と朴さんがいう。死んだちいうとらしたとね、と私がいう。体中、アザダラケニナッテ……と朴さんがいう。馬にけられたのなら、体中、あざだらけになるこつはなか、と私がいう。ソーヤロガ、ソレトニ、体中アザダラケニナッテ……ソシテ、家ニ帰ッテ来ンカラチイウテ、タズネテイクト、馬ニケラレテ死ンダチイウ、ソシテ、穴ノ

ようにのびていて……その腕をふりまわすと業苦のように積まれていたそのボロは鬼が人間の肉をひきちぎるようにはらいのけられ……「やっぱりここにあった、こげな鉄板で……」と鬼のように白髪をふり乱した老婆はいい「この鉄板はあんたがおいたとか」いいや、と頭をふり「その鉄板は国からここをかりる時もうそこにあった」というと「この鉄板をここにおいたのはてんのうやな」とつづけ重さ一トンもあろうかという鉄板をその両の手でもちあげ左の方にずらすとその下に大きな穴があらわれ……老婆はそれをしばらくじっと見つめていたが……急に……鬼のようにふり乱していた白髪が暗黒をぬりかためたような黒髪にかわり充血していた目は……深くすんだ目の色にかわり汚れた灰色のチョゴリはまぶし

ソバニ、ムシロヲカケラレタモンガ、ソレチイウテ……と朴さんがいう。顔ハボコボコデ、ダレカワカラン、ワカランカラ頭ヲカシゲトルト、アア、ソーカチイウテ……ソレバ、ムシロノママ穴ノ中ニケリ込ンデ……と朴さんがいう。そげなこつがあるかのう、と私がいう。朝鮮人ノカワリハイクラデモオルガ、馬ノカワリハ、ソウヨケイハオラン、馬ヲケッタナ、キサマ！キサマミタイナヤツハ……ボコボコヤッタチイウトラシタヨ、死体ノ横デ馬ガ小便シトッタ、糞ヲシトッタ、ソレヲ穴ニ流シ込ミ……ケリ込マレタ死体ハ何チ思ウヤロ、と朴さんがいう。朴さん、と私がいう。アノ鉄扉ハ終戦カラコッチ開イトランカッタヤロ、ソノ上、穴ノ上ニハ鉄板バ敷イテ……と朴さんがいう。朴さん、どうかしたとね、今日

いほどの白いチョゴリになり……「キンといいますが」とその若い女はいや若い女になった老婆はその穴の前にたっている軍刀をさげた若い将校らしい男にいい「主人が……」とあとのことばをさがしあぐねているというようにつづけると「ここにおいてある」と将校らしいその男はムシロをかぶせた足もとのものをその軍刀でつつき、つつきながら右の足でそのムシロをめくり「これはおまいの夫にまちがいないか」しかしムシロの下のその死体は顔は岩のようにボコボコになりその目は顔から半分とび出していて腹の中からあふれ出してきたのか吐いたらしい血が口もとにこびりつきその形相のおそろしさに体を硬くしていると「まちがいないな、じゃあ、さがってよろしい」返事をするひまもなくおしかえされ

は、ボロひきにきとるとばい、と私がいう。ボロカ、朝鮮人ノ死体ノ上ニボロカ、と朴さんがいう。朴さん！朴さん！と私がいう。ボロカ、と朴さんがいう。朴さん！朴さん！と私がいう。……アッ、ソーヤッタノ、ボロ取リニキトッタトヤッタノ、アア、ソーカ、ソーカ、と朴さんがいう。アア、気分ノ悪ウナッテキタ、スマンケド、帰ラシテモラウケン、と朴さんがいう。もうすぐ、嫁さんがお茶もってくるけど、と私がいう。イヤ、今日ハヤメトク、ナンカ気分ノ悪ウナッテキタ、と朴さんがいう。ああ、そうの、そんとか、二、三日あと、また、お願いしとくけん、と私がいう……「朴さんは？」「帰らした。」「お茶もってきたとに。」「急に気げん悪うならして。」「父ちゃんが何か、いらんこつ、いうたとやなか

はいってきたその鉄扉の向こうにけり出されたかと思うとそのうしろでドサリとものの落ちる音がして……「そのときの穴が、この穴だ！」今まで黒髪だったその頭がたちまち白髪にかわり充血した目をさらに充血させてうなるようにそういい「ボロ屋とてんのう、きたなかもんと高貴なもん、ウフフフフ」とそこまではっきりいって笑いそのあとは腹の中からあふれ出てくる血か汁のようにゴボゴボゴボとのどのところでことばをこねまわし、こねまわしたところでフーと大きく息をはいて「この穴の中に何があるか、さあ、答えてみろ」とまゆをしかめてたちつくしている（わたし）にいい問いつめるようなそのことばに「知らん」と答えると「知らん？ああ、日本人はいつでん、ぐわいの悪うなるとそげんいう、ね。」「何もいうとらんよ……ただ、ボロの下に敷いてある鉄板の話ばしたら急に。」「……。」「鉄板は何のためにしいてあるとやろか、ちきかすけん、その下に穴のあいとるごたるけん、そればふさぐためやなかの、ちいうたら急に……。」「父ちゃんが、何か、いらんこついうとるとよ、朴さんは理由もなしにおこる人やなかもん。」「ここは軍隊の馬小屋やった、ちもいうて。」「馬小屋？」「ここは兵舎のあとじゃなかったとね。いや、馬小屋ちいうとらした、それから、穴の話になって、急におこりだして。」「やっぱ、父ちゃんが、何かいらんこつ、いうとるよ。」「いや、いうとらん、鉄板の下に空洞があるらしか、ちはいうた、いうたが、それで……急に……鬼のごつなって。」「おこり出しなさったとね。」「そ知らん?知っとるけど、知らん?」そして口から火をはくようないきおいで「骨たい!」(わたし)がだまっていると「そうか、それではものたらんか」と一人ごとのようにいいその老婆は突然、その穴にとびこんでいきその穴の中のものをかきまわしていたかと思うと爪ののびたふしくれだった手をさしあげ「見ろ!こげな骨が山んごとうまっとる」そして「ホラ、ホラ、ホラ」とその穴の中から少し黒ずんだ骨のようなものを(わたし)に向けてほうりなげ「これは全部人間の骨ぞ、しかも朝鮮人の……」そこまでいって急に涙声になり「わたしの夫もここにけり込まれた、馬小屋の中でなぐられて足げにされ穴の中にけり込まれた、この中は馬の小便と糞を流し込むとこ、そこに夫はけり込まれ……」さしあげた骨を赤黒い顔にもっていきそれをほほにすりつけ「日本人は馬の小便と朝鮮人は同じと思うとる、馬の小便と糞にまみれて夫は骨になり、今、こうして……」とその骨をなで突然「てんのうへいかバンザイがこの穴をほらせ、てんのうへいかバンザイがこの穴に朝鮮人をけり込み、てんのうへいかバンザイがこの穴の中で朝鮮人を骨にした」とその声は今までのもえさかるような声からきえいるような声になり「てんのうへいかバンザイは……てんのうへいかバンザイは……」とそのことばを百回ほどくりかうたい。」「よか、よか、うちが朴さんの奥さんに電話して、よかふうにしとくけん。」「もう、お茶はいらん、ここば、かたずけてから……。」昭和六十三年一月七日午前九時三十分。

えしていたかと思うと急にその穴の中であおむけになり大きく股をひろげ今までのきえいるような声をひきちぎるようにしてわたしの目の前にふりまき、目をみはっている（わたし）に「さあ、うちの体ん上にのれ！」とさけびそのさけびはさらにたかくなり「腰ばゆすれ、おまいはそん時の将校ぞ、夫を穴の中にけり込んだあと、わたしをすぐに呼びもどし……」と（わたし）の目をえぐり出すようにその手をくねらせ「どげんしたと思う、うちに軍刀をつきつけ、裸になれ！というたんぞ、裸にして、股をひろげさせ、うちの股を軍刀でつついて、よかもんをもっとるな、というたんぞ、そして……おい、こら、なんとかいわんか！夫をけり込んだ穴の前で、うちの穴を軍刀でつついて……おまいもうちの股ん上にのれ！のって腰をゆすれ！おい！こら！」とその白髪をふり乱すようにその腰をゆすり「おい、こら、何とかいえ、おい、こら、何とかいえ」と一九四五年八月十五日のあの日からけっしてひらくことのなかったこの倉庫の鉄扉のようなおまえのその口をさあひらけ！というようにそういい「それから、わたしは……」と声をおさえ「南の島につれていかれ、犬か猫のようにつれていかれ……」そしてまた急に声をあらげ、その穴の中で白髪をふりみだし「こうして腰をゆすっとったんよ、穴の前でてんのうの兵隊に穴をつつかれて南の島で腰をまわしとったんよ、てんのうへいかバンザイは……てんのうへいかバンザイは腰をゆすれということやね、てんのうへいかバンザイは……」それからまた、馬小屋の穴の中にけり込まれた夫のはなしになりその前で軍刀ではだかにされ自分の穴に軍刀をさしこまれさしこまれながら「てんのうへいかバンザイ」といわされて南の島で腰をゆすりそして……その言葉はさらにくどくなり穴穴穴、穴からふき出してくるヌルヌルのように穴だけの説明になり「穴は、てんのうのこつを全部知っとる」と（わたし）をにらみすえてきっぱりといい「てんのうも穴から、さばきを受けるとは思わんかったやろう」と妙におだやかな声でいいその穴からはいあがってくると「あんたは、この穴をかくすとは、もうやめときなさい、この上にボロをおくことはやめときなさい、てんのうをかくして何になる、こげんかこざかしかことをして何になる」といい一トンはあろうかと思われる鉄板をその両手でもちあげると空にむかってなげあげ、はねちらかしたボロぎれをその息でふきはらうと……「どげんしたと父ちゃん……」昭和六十四年一月七日の心配そうな顔をわたしの方に向けて妻がたっている。いつの間にか昭和六十四年一月七日の朝九時三十分から二時間、朴商店の朴さんが積み残していったボロの上で、ねむっていたらしい。「うなされとったよ」と、昭和六十四年一月七日のことばで妻がいう。「体の調子が悪かとやなかと」「もう、ごはんはでけとるよ」それから、ちょっと間をおいて「ああ、そうそう、今、天皇さんのなくなんなさったち、テレビでいいよったよ」昭和六十四年一月七日の午前十一時五十五分、昭和六十四年一月七日のことばと顔で妻がいう。

イナイ、イナイ、バア

ペッ！ペッ！昭和二十年八月九日午前十時三十分。何カ電気ノカタマリノ様ナモノガ光ッタト思ウトワタシ達（ワタシト母ト妹）ハ地ダマニタタキツケラレテイタ。ペッ！ペッ！早う、こん男ばたたき出してくれんね、いくら、うちが安もんちいうたっちゃ、あげんかこつされてまで。母チャン！気ガツイテアタリヲ見マワスト、ワタシカラ三間バカリ離レタ所ニ母ラシキモノガタオレテイルノガワカッタ。母チャン！そうなんよ、はじめはどこかの政治かぶれち思うとったんよ、ピカドンの日の近ずくと長崎にはそげんか風なニンゲンのふえてくるけんねえ。母チャン！立チアガロウトシテワタシハマタヨロケル、母チャン！昭和二十年八月九日午前十時三十分。何カ電気ノカタマリノ様ナモノガ光ッタト思ウトワタシ達（母ハ臨月ニ近イ腹ヲカカエテイタ）ハ地ダマニタタキツケラレテイタ。はじめは、あんたピカドンのこつばどげん思うか、ち言うけん、あげんかもんはすかん、ち言うと、おれはそげん思わんち言うて。母チャン！ソレカラ、スワリ込ンダママ、ワタシハ、アッ！ト思ッタ。妹ノ菊江ガオラン、母チャン！おれは、世界のどこの国でんピカドンば作って、そしてそれば。母チャン！トイウワタシノ声ニ引キダサレルヨウニ、ソノ時、母ノ体ノ下カラ小サナ手ガ出テ来タ。母チャン！誰れでんピカドンの日の来るとよかカッコウ言いよるが、おれはそげん思わん、おれは世界中の国でピカドンば作って、そしてあん時のごつ戦争ばはじめて。母チャン！シカシ母ハ答エズ、母ノ体ノ下カラモガクヨウニ出テ来タ手モソノママ動カナクナッタ、母チャン！菊江！そして、こういうんよ、あん時のごつ戦争ばはじめて、そしてピカドンば世界中に落して、そして誰れでんかれでんピカドンで苦しんでち言うて。菊江！母チャン！ソレカラ母ノ方ニニジリ寄ッテイキナガラ、ワタシハアッ！ト叫ケンダ、母チャンノ股倉カラ！そうたい、それだけなら、うちも何も言わんよ、言うだけなら痛うもかゆうもなかけんね、ばってん、その先がはがいかとよ。母ノ股倉カラ赤児ノ頭ガデカカッテイタノダ、母チャン！赤チャンノウマレヨルゾ！ねえちゃん、たのみのあるばってんきいてくれるね、と男が言う。よかよ、うちででくるこつなら、と私。むつかしかこつやなか、と言いながら男はもって来たフロシキから二ツの人形をとり出す。そして、こげん言うたんよ、ああ、思い出しただけで腹のたつ、ペッ！ペッ！ワタシハウツブセニナッテイル母ヲ小サイ腕デアオムケニスル、菊江！アッ母チャン！モウ赤チャンノウマレヨルゾ！ねえちゃん、すまんけどこの人形ばだいてくれるね、男は二ツの人形のうち一ッを私にわたす。これでよかね、私は言う。そして、それからもう一ッの人形ばさし出してこげん言うたんよ。菊江！シッカリセロ！母チャン！赤チャンノウマレヨルゾ！昭和二十年八月九日午前十時三十分、何カ電気ノカタマリノ様ナモノガ光ッタト思ウトワタシ達（母ハ臨月ニ近イ腹ヲカカエテイタ）ハ地ダマニタタキツケラレテイタ。よこになって人形さんば抱いてくれるね、男は言う。こうね、これでよかね、私は男の言う通りに横になる。そして、それからもう一ッの人形ばさし出してこげん言うたんよ。アオムケニナッテ動カナクナッタ母、母ノ体ノ下ニナッテイタ妹ノ菊江、ソシテ、母チャン！赤チャンノウマレヨルゾ！母チャン！そして、それからもう一ッの人形ばさし出してこげん言うたんよ、おれのマラばくわえるかわりにこの人形さんの頭ば股倉でくわえてくれんか、ち。この人形の頭ば股倉に突っ込めち言うたんよ、うちがいくら安もんのパンパンち言うたっちゃ、そげんかもんば入れてまで銭かせごうちは思わん。母チャン！トワタシハ母ノ体ヲユサブル、菊江！トワタシハ妹ノ体ヲユサブル、ソシテ……。そげん腹かかんでたのむけん、と男が言う。うちはパンパンち言うてもモノば入れてまで、と私は言う。そんとか、入れんでよかけん股ではさんで、それで、と男はまた言う。入れんでよかなら、と私はその人形を股ではさんで横になる。母チャン！トワタシハ母ノ体ヲユサブル、焼ケタ母ノ体ハ動カナイ。菊江！トワタシハ妹ノ体ヲユサブル、母ノ体ノ下ニナッテイタ妹ノ体モ動カナイ。ソシテ、アア、母チャン！赤チャンノウマレヨルゾ！そして、うちに、母ちゃん！ち言うんよ、母ちゃん！赤ちゃんのうまれよるぞ、ち言うんよ、母ちゃん！しっかりしろ！母ちゃん、ち。そして……。母チャン！赤チャンノウマレヨルゾ、母チャン！母チャン！菊江、笑え！菊江！動け！母チャン！シッカリセンカ！母チャン！そして、涙ばボロボロ流してうちが抱いとる人形に、菊江！菊江！ち言うてゆさぶるとよ、うちがキョトンとしとると急にうちの股倉に顔ば突っ込んで来て、そして……。母ノ体ガ動カナイノガワカルトワタシハ母ノ股倉カラ出カカッテイル赤児ノ頭ニムカッテケンメイニ「イナイ、イナイ、バア」ヲスル。イナイ、イナイ、バア。イナイ、イナイ、バア。いない、いない、ばあと男が泣きながら言う、そしてまた私が抱いている人形の方に顔をもって来て菊江、動け！菊江、笑え！と叫けぶ。私は気持ち悪くなって起きあがろうとする、すると、男は気違いのようになって私をねじふせる。で、うちは、何するとね、あんたは！ち言うたんよ、ばってん……。イナイ、イナイ、バア、イナイ、イナイ、バア。母チャン！早ウ目バサマサント赤チャンノ死ンデシマウゾ、母チャン！ソイカラ菊江モ！ソイカラ菊江モ！男は私を力づくで押したおす。そして、また人形をだかせる、そして、もう一ツの人形の頭をもぎとると、わめきながら私の股倉に突っ込む。イナイ、イナイ、バア、イナイ、イナイ、バア。菊江！菊江！母チャン！赤チャンノウマレヨルゾ、母チャン！早ウ目バサマサント赤チャンノ死ンデシマウゾ。なんするとね！私は人形をほうり投げ起きあがる。股倉にぶらさがった人形の頭。私はそれをもぎとるとほうり投げる。男は、菊江！菊江！いない、いない、ばあ、母ちゃん！母ちゃん！いない、いない、ばあ、と叫けびまわっている。ペッ！ペッ！いくらうちが安もんち言うたっちゃ、こげんこつされてまで。昭和二十年八月九日午前十時三十分、何カ電気ノカタマリノ様ナモノガ光ッタト思ウトワタシ達（ワタシト母ト妹）ハ地ダマニタタキツケラレテイタ。母チャン！何デ目バサマサントカ。菊江！何デソゲンカトコデネトルトカ！母チャン！菊江！アア、イナイ、イナイ、バア。そうなんよ、はじめはどこかの政治かぶれち思うとったんよ、ピカドンの日の近ずくと長崎にはこげんか風なニンゲンのふえてくるけんねえ。ピカドンデ死ンダ母ニ、母チャン、何デ目バサマサントカ、ト叫ケビ、母ノ下敷キニナッテ死ンダ妹ニ、菊江！何デソゲンカトコデネトルカ！ト叫ケビ、母ノ股倉カラ頭ノ出カカッタ赤児ニ、死ンデイルトモ知ラズ、イナイ、イナイ、バア、イナイ、イナイ、バア、トケンメイニアヤシテイルワタシ。はじめは、あんたピカドンのこつばどげん思うかち言うけん、あげんかもんはすかんち言うと、おれはそげん思わんち言うて。イナイ、イナイ、バア。菊江！ソゲントコニネトランデ早ウ起キレ。母チャン！早ウ、目バサマサント赤チャンノ死ンデシマウ。イナイ、イナイ、バア！おれはそげん思わん、おれは世界のどこの国でんピカドンば作って、そしてそれば。菊江！母チャン！イナイ、イナイ、バア！誰れでんピカドンの日のくるとよかカッコウ言いよるが、おれはそげん思わん、おれは世界中の国でピカドンば作って、そしてあん時のごつ戦争ばはじめて。母チャン！菊江！イナイ、イナイ、バア！そして、こう言うんよ、あん時のごつ戦争ばはじめて、そしてピカドンば世界中に落して、そして誰れでんかれでんピカドンで苦しんで、ち言うて。母チャン！ほら、また母ちゃん、ち言うた。菊江！ほら、みらんね、あげんして人形に菊江！ち言うて。イナイ、イナイ、バア。ほら、あれば、あの人形の頭ばうちの股倉につっこんで。母チャン！菊江！見てみんね、あげんしてあっちこっち這うてまわって。イナイ、イナイ、バア。ああ、気持ちの悪か、早う、こん男ばたたき出してくれんね！母チャン！ペッ！ペッ！菊江！ペッ！ペッ！イナイ、イナイ、バア。

覚書

本詩集の著者・古賀忠昭は二〇〇八年四月十四日に亡くなっている。亡くなる直前までの二年間に書き連ねた詩篇を編集して、生前の二〇〇六年十二月には『血ん穴』（弦書房）が、二〇〇七年十月には『血のたらちね』（書肆山田）が公刊されているが、本書はその三冊目となる。古賀の足跡に添えば第六詩集にあたる。

本詩集を構成する詩篇は、二〇〇七年二月から二〇〇八年二月の間に書かれた、古賀自身によって以下の題名が付けられているノート、『古賀廃品回収所　現代詩廃棄物収集処理業』『昭和二十年八月十五日の鬼』『糞のような自伝』『古賀廃品回収所2』の四冊から採られている。その四冊には総数二十七篇の詩篇が収められているが、選択・構成は稲川による。ただし、責任編集などという合理を了解するつもりはまったくない。

稲川方人

古賀廃品回収所《こがはいひんかいしゅうじょ》
2015 年 10 月 30 日発行
著者＝古賀忠昭
発行者＝春日洋一郎
発行所＝書肆 子午線
〒 360-0815 埼玉県熊谷市本石 2-97
電話 048-577-3128　FAX 03-6684-4040
http://www.shoshi-shigosen.co.jp
印刷＝トーヨー社　製本＝博勝堂
定価＝ 2400 円（税別）